王春永　王　卉　孙小明

著

诗经的告诫

千年智慧诗三百

中国发展出版社
CHINA DEVELOPMENT PRESS

图书在版编目（CIP）数据

《诗经》的告诫/王春永，王卉，孙小明著. 北京：中国发展出版社，2016. 6

ISBN 978 - 7 - 5177 - 0508 - 6

Ⅰ. ①诗…　Ⅱ. ①王…　②王…　③孙…　Ⅲ. ①《诗经》—注释 ②《诗经》—诗歌研究　Ⅳ. ①I222. 2　②I207. 222

中国版本图书馆 CIP 数据核字（2016）第 100038 号

书　　名：《诗经》的告诫
著作责任者：王春永　王　卉　孙小明
出 版 发 行：中国发展出版社
（北京市西城区百万庄大街 16 号 8 层　100037）
标 准 书 号：ISBN 978 - 7 - 5177 - 0508 - 6
经　销　者：各地新华书店
印　刷　者：三河市东方印刷有限公司
开　　本：710mm × 1000mm　1/16
印　　张：20. 5
字　　数：280 千字
版　　次：2016 年 6 月第 1 版
印　　次：2016 年 6 月第 1 次印刷
定　　价：38. 00 元
联 系 电 话：（010）68990642　68990692
购 书 热 线：（010）68990682　68990686
网 络 订 购：http：//zgfzcbs. tmall. com//
网 购 电 话：（010）68990639　88333349
本 社 网 址：http：//www. develpress. com. cn
电 子 邮 件：fazhanreader@ 163. com

千年智慧诗三百

一

有一次孔子独自站在庭院，儿子孔鲤快步走过，孔子问他：“你学诗了没有?”

孔鲤回答：“还没有。”

孔子说：“不学诗，无以言。”孔鲤马上就开始学“诗”。

又有一次，孔子问孔鲤：“你有没有学礼?”

孔鲤回答：“还没有。”

孔子说：“不学礼，无以立。”孔鲤马上又去学“礼”。

这就是著名的孔鲤趋庭的故事，它既反映了孔子是如何进行家教的细节，又说明了“诗礼”在教育中的重要地位：兴于诗，立于礼。不过，孔子让儿子所学的“诗”，并不通指一切诗歌，而是专指《诗经》。《诗》被尊为“经”，是汉朝时的事儿了。

作为中国先民最富有灵气美感的言说，《诗经》以丰富的人文内涵，潜在的绘画美，优美动听的韵律，以及风姿绰约的意境，在几千年间一直被当作不可替代的素质教育基础读本，影响了无数人的性情与命运，让他们活得洒脱而优雅。

孔子评价《诗经》的作用说：“可以兴，可以观，可以群，可以怨。迩之事父，远之事君；多识于鸟兽草木之名。”（见《论语·阳货》）大意是说：《诗经》可以激发情志，可以观察社会，可以交往朋友，可以怨刺不平。近可以侍奉父母，远可以侍奉君王，还可以知道不少鸟兽草木的名称。一言以蔽之，无论是提升自身的内在修养，还是进行各种类型的交际活动，《诗经》都是必修的一课。

在著名的“申包胥哭秦廷”故事中，秦哀公就是以一首秦风《无衣》来表态的。当时是公元前506年，吴国军队攻陷了楚国的郢都，楚国大臣申包胥到秦国求援，被秦哀公婉言拒绝，于是申包胥站在秦庭之中抱着柱子大放悲声，哭了整整七天七夜，日夜不绝，滴水未进。秦哀公最终被其忠心所打动，同时也意识到救楚对秦国的战略意义，于是以一首《无衣》表态愿意与楚国同仇敌忾：

岂曰无衣？与子同袍。王于兴师，修我戈矛，与子同仇！

岂曰无衣？与子同泽。王于兴师，修我矛戟，与子偕作！

岂曰无衣？与子同裳。王于兴师，修我甲兵，与子偕行！

申包胥这才止住悲声拜谢。秦军出师，一举击退了吴兵。

试想，在当时的情况下，又有什么样的语言能比它更适合表达出对楚国的同情，以及那种慷慨激昂的无畏呢？

二

到了汉朝初年，汉文帝、汉武帝设“五经博士”，也就是设立了《易》《书》《诗》《礼》《春秋》五位经学学官，其中一位专门负责讲授《诗》。《诗经》已然成为一门显学，最为著名的有齐、鲁、韩、毛四家。毛诗出现较晚，但被立为学官之后，齐、鲁、韩三家便逐渐衰微，北宋后基本亡佚，只有韩婴所撰《韩诗外传》尚存于世。

韩婴是燕人，主治《诗》，兼治《易》，是西汉韩《诗》学的开创者。根据《汉书·儒林传》记载，韩婴在汉文帝时任博士，景帝时为常山王刘舜的太傅，武帝时曾与董仲舒有过交谈与辩论。综合各条线索，他肯定生活于公元前200年到公元前120年之间。

《韩诗外传》作为一部与《诗经》联系紧密的史传著作，既是关于《诗经》的重要著作，同时也是一部以处世智慧的角度来解密《诗经》的故事集。书中生动地叙述了200多个历史人物故事，在不少故事性极强的章节中刻画了一批栩栩如生的人物形象，擅长叙事过程中巧设悬念，故事情节引人入胜；多用对话发议论、露神情、见性格，语言简练生动，其论述则多节录诸子，在取舍剪裁中见出己意，“文辞清婉，有先秦风”。

作为历史轶事、处事规范以及生活忠告等组成的杂编，《韩诗外传》只有很少的几章讲《诗经》某一篇的诗旨或本事（如卷五第一章讲《关雎》等），大部分篇幅是先讲一个故事或道理，然后引用《诗经》引句作结，或引《诗经》后略加阐发，论述基本上都是围绕着所选《诗经》引句进行的。

《韩诗外传》不是《诗》篇字句的训解与本义的探求，明人王世贞等据以认为它系引《诗》以证事，并非述事以明《诗》，但是倘若从经学史的视角细加观照，《韩诗外传》继承孔门说《诗》的精神，注重贯通经、史、诸子百家，古今言论事迹皆可与《诗》义相触发，联想发挥以说《诗》，应列为一部说《诗》之作，且带有比较显著的今文经学通经致用的特点。《四库全书总目》经部《诗》类将《韩诗外传》与《易纬》《尚书大传》等同视之，这一认定是比较准确的。

三

韩婴学识渊博，贯通经、史、诸子百家，取譬引类以说《诗经》，“推诗之意而为内外传数万言”，一方面为管理者提供治理经验和方法，另一方面则启发学《诗》者，为他们提供修身处世和议论的智慧。活色生香的孔子轶闻、诸子杂说和春秋故事，与经典的《诗经》互为表里，相得益彰，微言大义，令人过目不忘，给读者以历久弥新的智慧启示。

如第七卷“楚庄王赐其群臣酒”章，楚庄王与臣子一起饮宴，在大家喝醉之时，殿上的火烛熄灭了，有人暗中牵扯宠妃的衣服，宠妃把那人的帽带子扯断了，并把这件事告诉了楚王。牵扯王妃衣服，这无疑是对君王尊严和权威的挑战。如果拿火来照，那个牵扯王妃衣服的人必定要受到严惩甚至会被处死。然而这时楚庄王却网开一面，下令“与寡人饮，不绝缨者，不为乐也”。到后来却敌杀吴大将后，楚庄王才知道绝缨者是一位气贯三军的勇士。

韩婴引用《诗经》里的“有漼者渊，萑苇淠淠”一句，形象地表达了楚庄王的胸襟宽广，并暗示由此带来的功业。

这是表现管理者胸怀的一面，还有很多反映普通人生活智慧的故事。如第九卷“齐王厚送女”章：齐王用丰厚的嫁妆，要把女儿嫁给一位杀牛的屠夫屠牛吐。这一点够让人奇怪了，更出人意料的是，屠夫不但没有满心欢喜地接受，反而借病推辞了。因为屠牛吐依据自己卖肉的经验，推测齐王的女儿非常丑陋，随着情节的推进，这个结论最终得到了证实。屠牛吐的先见，相信会令不少现代人都自叹不及。

作为一位关心现实社会和政治问题的易学家，韩婴对易学智慧有相当深刻的理解，并把这一理解融汇到对《诗经》的讲解之中。

比如《韩诗外传》卷三中解谦卦，把“谦”细致地析立为“恭”“俭”“卑”“畏”“愚”“浅”六种品德。并且说：“德行宽裕而守之以恭者荣，土地广大而守之以俭者安，禄位尊盛而守之以卑者贵，人众兵强而守之以畏者胜，聪明睿智而守之以愚者哲，博闻强记而守之以浅者不隘。”六种品德分别会导致“荣”“安”“贵”“胜”“哲”“不隘（智）”六种非常好的结果。这一剖析，与《易经》专立谦卦六爻皆吉的宗旨一致，极为精湛，对后人运用易学智慧极有帮助。

作为一部诗教作品，《韩诗外传》既深刻又优雅，是一部不可多得的开启心智、熏陶气质的作品。我们选择其中对现代生活有切实教益的200节，诠释为现代白话文，并将其中的《诗经》引句出处文本列于文前，以便于读者参照体味。这一努力，庶几能贴近汉太傅韩婴在2000多年前落笔时的发心。

目录

卷一

曾子不择官而仕

小 星

嘒彼小星，三五在东。肃肃宵征，夙夜在公。寔命不同！

嘒彼小星，维参与昴。肃肃宵征，抱衾与裯。寔命不犹！

小小星儿发微光，三三五五在东方。急急慌慌连夜走，为了官家早晚忙，只因命运不一样！

光线微弱那小星，还有参昴大星辰。急急慌慌连夜走，只好抛弃裯和衾，只因命运不如人！

[太傅开讲]

曾参是春秋时代鲁国南武城人（山东费县），孔子的学生，比孔子小46岁。他开始出仕时，做的是鲁国莒邑的地方官，薪俸仅48斛粮食（古代以10斗为1斛，16斛为1秉）。在这个时期，曾参是只注重待遇的收入，而对于自身的发展似乎并不挂怀。

父亲曾皙去世以后，曾参从鲁国辞职了。得到这个消息，齐国表示欢迎他去做宰相，楚国也派人请他去做令尹，晋国也请他去做上卿。但曾参都推辞了。他表示，自己已经没有孝养父母的负担了，所以待遇好坏没什么影响了，只想找到能施展自己理想抱负的位置。

这段时间，他每天穿着破旧的衣服在地里耕种。鲁国的国君听说后，就派使者找到他，表示要封赠他一个城镇作为食邑。使者很客气地对他说：“请您用这座城镇的收入，来置办一些像样的衣服。”

但是曾参坚决不肯接受。使者不理解地问："这又不是先生主动求国君给您的，而完全是他自己愿意赠给您的，您为什么不肯接受呢?"

曾子笑了笑，回答说："因为我知道，人一旦接受了别人赠送的东西，就会因为心存感激而怕得罪人家；而送东西的人也会免不了要露出一点傲慢。纵然鲁国君主赠送我采邑以后，对待我也并不骄慢，可是我又怎么能做到不担心得罪他呢?"

最终他还是没有接受鲁君的封赠。孔子听说后，赞叹说："曾参能说出那样的话，我相信他以后也一定能够保全气节了。"

如果本身怀有高尚的学养，却不肯出仕挽救自己国家的危乱，那就没有资格谈什么仁心仁术了；如果故意自命清高而安于穷困，也不顾父母生活困难的痛苦，又谈得上什么孝道呢；一个人本身挑着重担，前途又很遥远时，他就不会挑剔休息的地点，而是随地休息以保持精力；家里贫穷，父母年老体衰，为了孝养父母，就不要挑选官位大小，只要收入足够赡养父母，便去做了。所以说，真君子在有迫切需要时也会不择官而仕。

古书上说：一个人生不逢时，但若不得已还是要出来做官做事。既然有了这份职业，就必须尽量尽心做好，可他只会听命去完成任务，而并不愿主动参与他的谋划。为什么呢？因为他认为这种选择只是谋生的不得已！所以《诗经》上说："夙夜在公，寔命不同。"

循礼则知分寸

汉 广

南有乔木，不可休息。汉有游女，不可求思。汉之广矣，不可泳思。江之永矣，不可方思。

翘翘错薪，言刈其楚。之子于归，言秣其马。汉之广矣，不可泳思。江之永矣，不可方思。

翘翘错薪，言刈其蒌。之子于归，言秣其驹。汉之广矣，不可泳思。江之永矣，不可方思。

南方高树路旁生，树下少荫没行人。汉江之上有游女，要想追求不可能。茫茫汉水宽又宽，要想游过难上难。滔滔江水长又长，过渡难靠小木船。

丛丛杂树多枝杈，砍那荆条趁闲暇。如果姑娘肯嫁我，喂饱马儿去接她。茫茫汉水宽又宽，要想游过难上难。滔滔江水长又长，过渡难靠小木船。

丛丛野树杂又杂，打柴选取芦蒿打。如果姑娘肯嫁我，喂饱马驹把马驾。茫茫汉水宽又宽，要想游过难上难。滔滔江水长又长，过渡难靠小木船。

[太傅开讲]

孔子带着自己的弟子周游列国，一路向南到了楚国。他们从阿谷的南面经过，看见一位佩着半璧形瑱玉的少女正在河边洗衣服。孔子说：“应该和这位女子交流一下，了解一下这里的民风。”

于是，他拿出杯子给弟子子贡，对他说：“你好好想一下怎么和她交谈，看看她是怎么回答的。”

子贡就拿着杯子对洗衣服的少女说道："我们从北方来，要去南方的楚国。今天的天气真热啊，就像火烤一般，所以我想向您讨一口水喝，清凉一下我的身心。"

少女回答道："阿谷之南到处是弯曲的河流，既有清流也有浊水，你想喝水就自己喝好了，何必要问我这个女人家呢？"

说完，她接过子贡的杯子，逆流盛满了水，把杯子洗干净，然后又把水倒了，再顺流把水盛满，放在沙滩上，跪坐着对子贡说："请原谅我不能亲自递给你，因为我要遵循礼法的规定。"

子贡回去告诉孔子，孔子点了点头，又拿出一把琴，把琴轸（琴上的横木）去掉后交给子贡，让他再去试探一下那位少女。子贡拿着琴来到少女面前说："刚才您说的话像清风一般和畅，很合我的心思，让我非常畅快。这里有一把没琴轸的琴，希望借您的手调试一下。"

少女拒绝道："我是一个见识浅薄的乡下人，没有什么学问，对音律也一窍不通，哪里能给你调琴呢？"

子贡回去告诉了孔子，孔子点头，拿出五匹葛布交给子贡，让他去交给那位少女。子贡对少女说："这有五匹葛布，我不敢冒昧地直接送给您，就把它放在水边了。"

少女回答说："你这位客人真是怪僻，居然把财物丢在野外，太不合情理了。我年纪轻轻的怎么能接受呢？你还是早点离开吧，我家那位脾气不好的人就在这附近呢！他看到以后会教训你的。"

《诗经》说："南有乔木，不可休思。汉有游女，不可求思。"大概说的就是这个意思吧！

孔子论三死

相鼠

相鼠有皮，人而无仪！人而无仪，不死何为？

相鼠有齿，人而无止！人而无止，不死何俟？

相鼠有体，人而无礼！人而无礼，胡不遄死？

请看老鼠还有皮，可是有人没威仪。既然做人没威仪，不死还干什么呢？

请看老鼠还有齿，可是有人没行止。既然做人没行止，等待什么还不死？

请看老鼠还有体，可是有人不懂礼。既然做人不懂礼，何不赶快死了去？

［太傅开讲］

鲁哀公姓姬名将，是春秋时鲁国第26任君主，在位27年。

哀公在位时，鲁国大权被士大夫家族把持，史称三桓，即所谓“政在大夫”。鲁哀公曾经试图恢复君主权力，同三家大臣冲突加剧，终致流亡国外，通过邾国逃到越国。

有一次，鲁哀公问孔子：“有智慧的人会长寿吗？”

孔子答道：“是的。一个人如果能尽天年便是长寿，是需要智慧的。因为如果没有智慧的话，会因为三个原因而无法尽享天年。第一，一个人如果不能约束自己按时起居和调节饮食，或者不能劳逸结合，那么就会死于疾病；第二，一个人如果不能约束自己的嗜欲和贪求，而与社会为敌，那么就会死于刑罚；第三，一个如果不能约束自己的情绪，经常动怒而不自量力地挑战别人，就很可能在冲突中丧生。”

鲁哀公点点头，孔子接着说："上面的这三种死法的人，都是因为缺乏智慧而失去生命，并不是命中注定的。反之呢，仁义而智慧的人生活起居都很有规律，行为举止也从不越轨，喜怒哀乐都有所节制，这样他们的身心自然不会受损，不是水到渠成就能长寿了吗?"

《诗经》说："人而无仪，不死何为!"

穷不悯，辱不苟

柏舟

泛彼柏舟，亦泛其流。耿耿不寐，如有隐忧。微我无酒，以敖以游。

我心匪鉴，不可以茹。亦有兄弟，不可以据。薄言往诉，逢彼之怒。

我心匪石，不可转也。我心匪席，不可卷也。威仪棣棣，不可选也。

忧心悄悄，愠于群小。觏闵既多，受侮不少。静言思之，寤辟有摽。

日居月诸，胡迭而微？心之忧矣，如匪澣衣。静言思之，不能奋飞。

荡着小小柏木舟，随波上下泛中流。长夜不安难入睡，如有烦恼万般愁。并非要喝没有酒，也非想游没处游。

我心不是那明镜，不能好丑都照尽。也有同胞亲兄弟，要靠兄弟也不行。也曾向他去倾诉，他反向我大发怒。

我心不比那磐石，更比磐石难转移。我心不比那草席，更比草席难卷起。人人各自有威仪，哪能随便让人欺。

满心烦乱如火烧，面对小人我心焦。受到痛苦既已多，遭到侮辱也不少。痛定思痛静静想，双手捶胸气难消。

请问月亮和太阳，有时为啥不放光。烦恼在心洗不掉，好比没洗脏衣裳。痛定思痛静静想，恨不奋起高飞翔！

[太傅开讲]

商纣王的叔父比干为劝谏纣王，被剖心而死，从而成全了他的忠心；尾生为守约，水涨不去宁可被淹死，从而成全了他的诚信；伯夷叔齐不吃周朝的粮食，饿死在首阳山，从而成全了他的气节。这三人都属于天下间非常通达事理的人，难道不知道爱惜自己吗？但是道义不能树立、名声不能彰显，会让有理想有抱负的人感到耻辱，所以他们会冒死来践行自己的理想。

从这里可以看出，士人并不把地位低下和生活贫穷当作耻辱，可是如果他的忠义不被人们所准重，诚信也没有被大家推崇，社会所推崇的有节操的人中也没有自己，这才被他认为是最大的耻辱。凡是有忠义、有诚信、有节操的士人，一般会被所有人推崇和传诵，这种品行就如同日月一样恒久不息，天地间的外力既无法消减一分，也不能使其增长，就算是桀纣统治的大环境也无法将其玷污掩没。

这样的士人，并不是喜欢厌生求死，也不是喜欢贫穷。如果能在符合情理的原则下给予他们高官厚禄，他们也不会推辞的。孔子曾经说："如果能得到富贵，即使是拿起鞭子做马夫，我也不会拒绝。"所以他们在穷困潦倒而得不到尊重的时候不会感到忧愁，在疲惫不堪的时候也不会消极苟且，这才是君子的境界。

《诗经》说："我心匪石，不可转也，我心匪席，不可卷也。"说的就是这个道理。

原宪安贫乐道

[太傅开讲]

孔子逝世以后，原宪隐居在鲁国，子贡做了卫国的国相。

有一次，子贡肥马轻裘去看望原宪，车却进不去巷子。他只得下车，步行穿过成片的杂草，才看到原宪住的小房子上盖着新割下的茅草，用蓬草编成的门四处透亮，桑条做的门轴摇摇晃晃，窗户是用破了底的大瓮做的，粗布衣堵在瓮上挡风。

可是他再一听，原宪正在屋里弹琴唱歌。看到子贡来访，原宪整理好破旧的衣帽出迎。子贡问："呵呵，你怎么困窘到这样呢？"

原宪回答："我听说，人没有钱财叫做贫乏，学了道理而不实践的才叫困窘。我只是贫乏，哪里是什么困窘呢？"

子贡惭愧无语，原宪笑着说："迎合世俗而行事，比附小人而交友，为求夸赞而学习，为了利益而教人，举手投足看不到半点仁义修养，却讲究高车大马和华丽的衣衫，这些事情我都不愿去做。"

子贡驾车离去，走出很远还能听到原宪在弹着琴唱《商颂》，金石一般的声音充满天地之间。

像原宪这样的人，就是天子也不能用权势让他臣服，诸侯也没法凭借地位让他做朋友。一个人的修心养性的工夫到了一定程度，就会不介意物质条件和肉身的欲望。如果他连这些都不在意了，还有谁能用其他事情来影响他呢？

《诗经》说："我心匪石，不可转也，我心匪席，不可卷也。（我心不像石一块，哪能任人去转移，我心不是席一条，哪能打开又卷起）"（出自《柏舟》）

孔子不式小人

[太傅开讲]

楚国攻打陈国，陈国西门被破坏，于是楚国政府就征召那些投降的陈国人去修城门。

孔子乘车经过这些人面前时，并没有如往常那样把身体靠在车的扶手上以对这些人致意。为他驾车的子贡问：“礼法规定，士人乘车遇到三人就需要下车行礼，遇到两人就要把身体靠在车把手上表示敬意。现在陈国那么多人正在修门，先生您为什么没有对他们致意呢?”

孔子回答说：“这些人或者是不知道自己的国家已经灭亡了，这是缺乏明智啊；或者是知道了却没有不抗争，这是不够忠诚啊；或者是反抗失败了却没有力战牺牲，是不够勇敢啊！所以在这儿修门的人虽然很多，但却都是不明智、不忠诚或不勇敢的人。这就是我不对他们致意行礼的原因啊!”

《诗经》上说：“忧心悄悄，愠于群小。”（出自《柏舟》）对着这样一群小人，有什么好行礼的。

贤母不哭失礼之子

日 月

日居月诸，照临下土。乃如之人兮，逝不古处。胡能有定？宁不我顾。

日居月诸，下土是冒。乃如之人兮，逝不相好。胡能有定？宁不我报。

日居月诸，出自东方。乃如之人兮，德音无良。胡能有定？俾也可忘。

日居月诸，东方自出。父兮母兮，畜我不卒。胡能有定？报我不述。

月亮月亮和太阳，光辉昼夜照四方。就是这样一个人，与我相处变了样。他的性子哪有准，不曾顾我把我忘。

太阳太阳和月亮，日夜普照大地上。就是这样一个人，对我不好变了样。他的性子哪有准，不报答我把我忘。

月亮月亮和太阳，东方闪闪露光芒。就是这样一个人，品格实在不高尚。他的性子哪有准，已经完全把我忘！

太阳太阳和月亮，光芒四射出东方。我的爸啊我的娘，何不把我终身养。他的性子哪有准，对我无礼不像样。

[太傅开讲]

鲁国的大夫公甫文伯去世了，可是在举行丧礼的时候，他的母亲却没有为他哭泣。

另一位鲁国大夫季孙听说这件事后，十分奇怪地说："我知道公甫文伯的母亲是一个智慧正直的女人。可是这次她儿子死了，她却没有哭泣，一定是有什么原因吧？"于是他就派人去她那儿询问。

这位母亲听到这个问题，很严肃地对季孙的使者说："我这个儿子啊，不值得我为他哭泣。”

使者很惊讶，她解释说：“以前我让我儿子去追随孔子学习，可是孔子离开鲁国的时候，他去送行却连城都没有出。在赠给孔子礼物的时候，他又不舍得把家里珍贵的东西送给孔子。他生病的时候，我没有看见有士人来探视他；他死的时候，也没有看见有士人为他流泪。可是他死了以后，自愿穿戴丧服为他殉葬的女人就有10个。这说明他对士人不够尊重友好，对身边的女人却又好得过分。这样的儿子死了，哪里值得我为他哭泣呢?”

《诗经》上说：“乃如之人兮，德音无良。”

君子不以私害公

匏有苦叶

匏有苦叶，济有深涉。深则厉，浅则揭。

有弥济盈，有鷕雉鸣。济盈不濡轨，雉鸣求其牡。

雍雍鸣雁，旭日始旦。士如归妻，迨冰未泮。

招招舟子，人涉卬否。不涉卬否，卬须我友。

葫芦叶苦难入口，济水深处也能走。水深连衣把河过，水浅双手把衣兜。

茫茫济水涨满河，野鸡叫唤声咯咯。水满岂不淹车轮，求伴叫唤是鸡婆。

鸣声相和是雁鹅，初升红日照清波。你如有心来娶我，别等冰散先渡河。

船夫摇船下小舟，别人过河我不走。别人过河我不走，我要等待我朋友。

［太傅开讲］

楚国的白公胜发动叛乱，带兵包围了王宫。

有一个叫庄之善的士人得到这个消息后，马上向母亲诀别，要去抗击叛军。他的母亲问："你抛弃母亲而效死国家，这样做合适吗？"

庄之善回答说："我听说，服务于国家的人既然接受了俸禄就要贡献自己。现在我用来供养母亲的是国家的俸禄，就让我去为国效劳吧。"

他乘的车快要到王宫前时，他好多次吓得瘫倒在车上。他的侍从十分同情地对他说："你既然这么害怕，为什么不回去呢？"

他回答说："害怕是因为我个人原因，为国效劳却是公事。我听说有德行的人不会因为个人原因而妨碍公事。"

结果，他死在了保卫王宫的战斗中。国中的君子听说这件事后，都感慨道："他真可谓是一位矢志不渝的义士啊。"

《诗经》上说："深则厉，浅则揭。"说的就是这样啊。

诛逆存顺者昌

谷风（节）

泾以渭浊，湜湜其沚。宴尔新婚，不我屑以。毋逝我梁，毋发我笱。我躬不阅，遑恤我后。

就其深矣，方之舟之。就其浅矣，泳之游之。何有何亡，黾勉求之。凡民有丧，匍匐救之。

比了渭水泾水浑，泾水停流也会清。快乐新婚迷着你，不屑再近我这人。不要动我捕鱼梁，不要打开我鱼筐。我身尚且不相容，难顾身后日子长。

过渡遇到河水深，用桨用篙把船撑。过渡遇到河水浅，下水游泳往前行。家里东西无何有，不惜劳苦去寻求。邻里若有灾和难，走着爬着也去救。

[太傅开讲]

春秋时，宋国有大臣作乱并杀掉了宋昭公。消息传到晋国，大臣赵盾马上找到晋灵公，请求即刻发兵征讨不义。晋灵公说："对宋国这件事儿，我们晋国用不着这么急啊！"

赵盾说："不能这么说。在这个世界上天地最重要，其次就是君臣关系，这是伦理秩序的根本。而现在宋国人杀了他的国君，没了天理，失了人伦，所以上天必定会惩罚他们的。晋国作为诸侯的盟主，而不去征讨救援，恐怕上天的惩罚马上也会轮到晋国头上啊！《诗经》上说：'凡民有丧，匍匐救之。（人民遇到了灾难，就是爬着也要去救）'何况是宋国的一国之君被杀害呢？"

晋灵公听了，马上命赵盾率领军队前往宋国，平定了叛乱。宋国人知道后，都发自内心地感慨道："晋国日益强大，原来是有原因的啊。就是因为它能征讨不义维护正常的伦理秩序啊！

《诗经》上说："凡民有丧，匍匐救之。"说的就是赵盾这样的人啊！

仁道的四个等级

北 门

出自北门，忧心殷殷。终窭且贫，莫知我艰。已焉哉！天实为之，谓之何哉！

王事适我，政事一埤益我。我入自外，室人交遍谪我。已焉哉！天实为之，谓之何哉！

王事敦我，政事一埤遗我。我入自外，室人交遍摧我。已焉哉！天实为之，谓之何哉！

我从北门走出来，心烦意乱想不开。既受苦来又贫困，谁人理解我愁怀？算了吧，老天这样安排下，我能怎样奈何它！

王侯差事派给我，公家苦役加给我。我从外面回家来，家里人人责骂我。算了吧，老天这样安排下，我能怎样奈何它！

王侯差事逼迫我，公家苦役全给我。我从外面回家来，家里人人讽刺我。算了吧，老天这样安排下，我能怎样奈何它！

[太傅开讲]

申徒狄是一个鄙弃利禄、洁身自好的高士，有着士人睥睨王侯的几分傲骨，经常被人与许由、务光、伯夷、叔齐等人相提并论。

在《墨子》中载录了申徒狄与周公的两段对话，大概意思是说：周公作为贵族，看不起贱人，认为他们惯于犯上作乱，只能用刑罚来对待他们。申徒狄表示反对说：“人之贤愚并不是由出身决定的，古之贤人好多出身低贱，就像周国的灵珪是从泥土石头里出来的，随国的明月珠是从蚌壳里出来的，蔡国的神龟也是从污泥里爬出来的。”

但是周公固执己见。申徒狄也不愿屈服，昂然不顾地拂袖而去。

后来，申徒狄因为看不惯世道，要去投河。崔嘉知道后就去阻止他，对他说：“我听说圣明有仁心的人存在这世界上，就如人民的父母一样，现在为了保全节操，而不去拯救水深火热中的人民，合适吗？”

申徒狄说：“我不这样认为。夏朝的君主桀杀了关龙逢，商朝的君主纣杀了比干，所以失去了天下。吴王夫差杀了伍子胥，陈灵公杀了泄冶，从而灭亡了自己的国家。所以那些丢失天下、亡国灭家的君主，不是因为没有圣贤，而是因为不用圣贤。”

说完，他抱着石头跳进了滔滔河水。但是有德行的人听说这件事后说：“这个人真是清高啊！可是他这样做够得上仁吗？我看他没有这方面的品德。”

仁道有四个等级：圣明的仁道、智慧的仁道、道德的仁道和清高的仁道。在这其中，清高的仁道是最低的一等。

上知天时，能遵循自然规律；下知地利，能物以致用；中知人和，能让人民安乐，这是圣明的仁道。上知天时，能遵循规律；下知地利，物以致用；中知人和，能引导人民正直生活，这是智慧的仁道。宽和而能包容，能得到人民的信任；能够不被世俗所羁绊而实践道德，这是道德的仁德。为人清高方正，看到人民处于灾难中却不去管理，看到社会黑暗却不去矫正；赋闲与乡下人交往就像坐在炭灰上，到政府中做官又像下油锅入火海；不愿管理不喜欢的民众，拒绝食用不对胃的食物，愤世嫉俗而漠视生命，也不顾及自己的亲人，用礼法去衡量，他的行为近于不吉利，这是清高的仁德。

古书上记载：过于尖耸的山峰一定不是高山，过于笔直的河流一定不深，过于清高一定是没有厚度的，心比天高的人肯定得不到善终。这就是伯夷、叔齐、卞随、介子推、原宪、鲍焦、袁旌目、申徒狄等人的行为，他们被命运所限制，至死不改，即使困苦贫穷也不放弃。

《诗经》上说："已焉哉！天实为之，谓之何哉?"清高的仁德虽然是最低一等，但圣人却不排斥它，因为用它做示范能够矫正人们的行为，使他们学会坚持原则。

不以一身劳百姓

甘　棠

蔽芾甘棠，勿剪勿伐，召伯所茇。

蔽芾甘棠，勿剪勿败，召伯所憩。

蔽芾甘棠，勿剪勿拜，召伯所说。

棠梨茂密又高大，不要剪它别砍它，召伯曾住这树下。

棠梨茂密又高大，不要剪它别毁它，召伯曾息这树下。

棠梨茂密又高大，不要剪它别拔它，召伯曾歇这树下。

［太傅开讲］

以前周礼昌盛的时候，召伯在朝中当官。有一次，管建筑的官员请求为他建新宫室，召伯拒绝说："唉！因为我一个人让百姓那么劳累，这肯定不符合周文王当初立国的初衷啊！"

于是，召伯离开宫室，来到田间百姓中间处理诉讼，冒着太阳在山野田地中探察，在树下盖起的简陋房子里休息。百姓因此感到非常愉悦高兴，耕作的人民互相勉励，加倍努力地工作，所以一年的收成很好，人民家用充足。

然而，召伯的继任者在位的时候，却非常傲慢奢侈，也不体谅人民，苛捐杂税名目繁多，百姓耕作时间得不到合理安排，生活十分困苦。诗人看见召伯以前所休息过的树，就写了一首诗歌怀念和赞美他。诗歌中说："蔽茀甘棠，勿剪勿伐，召伯所茇。"

卷二

君子贵以诚相告

干旄

孑孑干旄，在浚之郊。素丝纰之，良马四之。彼姝者子，何以畀之？

孑孑干旟，在浚之都。素丝组之，良马五之。彼姝者子，何以予之？

孑孑干旌，在浚之城。素丝祝之，良马六之。彼姝者子，何以告之？

旄牛尾飘那旌旗，行行到了浚郊区。白色丝缕编缝好，良马四匹为前驱。那个美好的人啊！用些什么赠送伊？

画着隼鸟那旌旗，行行到了那浚邑。白色丝缕组织好，良马五匹为前驱。那个美好的人啊！用些什么赠给伊？

鸟羽为饰是干旌，行行到那波都城。白色丝缕来编好，良马六匹往前行。那个美好的好人！用啥忠言告他们？

［太傅开讲］

春秋时期，楚庄王率军围攻宋国的都城。因为久攻不下，最后只剩下七天的军粮了，庄王于是对部下宣布说："如果等军粮吃完还不能攻克宋国，就班师回去。"

庄王派司马子反爬上登城的军械查看宋城内的情况，恰巧宋国的将军华元也正在城头上察看敌情，于是两个人打了照面。

子反问："你们城里现在情况怎么样了？"

华元叹息说："困难得很啊！百姓已经开始交换着孩子当食物吃，而且连死人的骨头都拆开当柴烧了。"

“唉！真够难的！”子反说：“不过我听说被围困的国家，为了假装粮草充足，会钳住马嘴喂它们草料，而且安排身材肥硕的人来应对敌方。可你现在怎么实话实说了呢？”

华元回答：“我听说君子看见别人身陷困境时，就会有恻隐之心，而小人见到别人身陷困顿，却会幸灾乐祸。我看你像是一位君子，所以就实话实说了。”

子反说：“好吧，你们好好坚持吧！我们楚军也只剩下七天的粮食了。”说完两个人行礼致意以后就分开了。

子反回到大营向庄王汇报情况。庄王问：“宋国情况怎么样？”

子反就讲了了解到的情况。庄王说：“呀！宋国真是很衰惫了！我们马上就可以拿下宋国回师了！”

子反说：“不行啊，我已经告诉他们，咱楚军也只有七天的军粮了。”

庄王大怒，训斥他道：“我让你去观察宋国的情况，你怎么把我们的军情告诉他们了？”

子反答道：“区区一个宋国，在这样的困境里还能有不欺诈的臣子，我们这么大一个楚国怎么能没有呢？所以我就告诉他实话了。”

庄王说：“即便这样，我还是要拿下宋国再回去。”

子反说：“那就请大王你自己待在这里吧，请允许我先回国。”

庄王无奈地说：“你如果离开我回国，我和谁在这儿作战呢？我还是和你一起回去吧。”

庄王班师回国。人们都赞扬子反、华元讲和的功德，特别是华元把宋国的实情告诉子反，反而使宋国解围，保全了两国无数人的性命。

《诗经》上说：“彼姝者子，何以告之。”有德行的人认为以诚相告是一种美德呀！

善见祸福之端

载　驰

载驰载驱，归唁卫侯。驱马悠悠，言至于漕。大夫跋涉，我心则忧。

既不我嘉，不能旋反。视尔不臧，我思不远？

既不我嘉，不能旋济。视尔不臧，我思不閟？

陟彼阿丘，言采其蝱。女子善怀，亦各有行。许人尤之，众稚且狂。

我行其野，芃芃其麦。控于大邦，谁因谁极？大夫君子，无我有尤。百尔所思，不如我所之。

轮儿快转马儿不停蹄，赶回祖国慰问我的兄弟。车儿奔过漫漫的长途，来到漕邑祖国的土地。大夫们赶来不辞辛苦，我的心儿里不免忧疑。

即使你们都说我不好，你们也不能把我扭转。比起你们不高明的主张，我的眼光难道不长远？

即使你们都说我不好，你们也不能阻我前进。比起你们不高明的主张，我的考虑难道不谨慎？

登高来到那山冈，采摘贝母治忧郁。女子心柔善怀恋，各有道理有头绪。许国众人责难我，实在狂妄又稚愚。

我走到祖国郊原，绿稠稠好一片麦田。我要把国难向大国控诉，谁和我相亲谁赶来救援。诸位大夫高贵的长官，不要尽埋怨说我荒唐。你们就是千百个主意，不如我自己决定的方向。

[太傅开讲]

鲁国有个守城门小官的女儿叫婴，跟别人一起纺线织布，织到半夜突然伤心地哭了。她的同伴问：“你为什么哭呢？”

婴回答说：“我听说卫国的世子是一个不贤德的人，而且喜欢攻伐别人，所以为此而哭泣。”

同伴又问：“卫国的世子不贤德和攻伐别人，是诸侯们所操心的事情，你为什么哭呢？”

婴又回答说：“我听说的跟您说的不一样啊。以前宋国的司马桓魋得罪了国王，逃到鲁国去了，他的马跑到我家的地里打滚，又吃了我家田里的菜。这一年，我的园子里少了一半的收成。越王勾践发兵去攻打吴国，其他的小诸侯十分害怕他的威名，鲁国就派人向越国进献了美女，我姐姐也在其中。我哥哥前去越国看望她，因为道路险阻，死在半路。越国的兵骁勇善战，它威胁的是吴国，而死的却是我哥哥，悲伤的却是我呀。由此看来，祸与福是没有绝对的，俗云：福兮，祸之所伏。现在看来，卫国的世子不贤，而且好兵黩武，必然引起战端，我还有三个弟弟，能不担忧遭遇灾祸吗？”

《诗经》上说：“大夫跋涉，我心则忧。”这说的是一个道理呀！

守道通变乃为贤

[太傅开讲]

在中国历史上，有史可查的由自由恋爱而共结连理的故事，最早当追溯到尹吉甫和仲姬。

尹吉甫是周宣王的近侍之臣，是“宣王中兴”中功勋卓著的军事家，同时也是《诗经》的编撰者，又被尊为中华诗祖。他年轻时能文能武，又懂建筑、善音律，吸引了比他小十多岁的卫国小公主仲姬的注意。仲姬聪明伶俐、能歌能舞，两个人很快成为一对恋人，并于宣王六年冬结婚。在二人恋爱和结合期间，虽然聚少离多，但二人感情很深，仲姬也为我们留下了40多首爱情诗，保留在《诗经》之中。

由于双方身份和年龄的差异，二人的自由结合始终得不到尹吉甫父母的支持。宣王九年夏，尹吉甫参加东征，仲姬留在尹家，由于不受尹的父母待见，仲姬只得自劳自食，生活十分辛劳凄苦。而宣王十二年尹吉甫刚刚回家，其父母又强迫他迎娶姜氏，引起仲姬的强烈不满。尹吉甫多方努力试图留住仲姬，最终无果，仲姬一怒之下携儿子伯奇回了娘家，并于第二年嫁给了南燕蹶父的儿子伯士。

到了周幽王六年，年逾古稀的尹吉甫辅佐仲姬的第二任丈夫伯士西征。伯士因不听尹吉甫的谋划而惨败，回国后却把责任推到尹吉甫身上。尹吉甫申诉，伯士最终被杀。然而，尹吉甫却也因此而遭到了卫国的驱逐，只好携妻子姜氏和子女南迁至房陵（今湖北省房县），最后抑郁而逝。

有一次，高子问自己的老师孟子："我们常说的婚嫁迎娶，都不能够自己就下决定，而一定要与家人长辈商量。可是为什么卫国公主自己决定嫁给尹吉甫，她的诗却能被收入《诗经》呢？"

孟子回答说："如果有卫国公主那样的志向，便可以自己决定嫁给谁；如果没有，就不能这样做。再比如，有人想效仿商朝名臣伊尹废除太甲帝位那样的做法，这人如果有伊尹忠贞为国的心志就可以做，如果没有，就变成篡权夺位了。所以，为人处世的方法有两种：经久不变的原则我们称为经，变通以顺应时势称为权，如果能持久坚守原则，并在合适时懂得变通，才被称为贤能。卫国公主行为上能够符合孝道，思想上符合圣人的标准，临时变通一下又能怎样呢？"。

《诗经》上说："既不我嘉，不能旋反。视尔不臧，我思不远。"（出自《载驰》）

樊姬论忠贤

[太傅开讲]

有一次，楚庄王结束朝堂议政，回到宫中时已经很晚了。樊姬走出房间来迎接他，并问道："今天上朝怎么结束得这么晚？您是不是又饿又累呀？"

楚庄王说："我今天听了忠臣贤士的话，觉得很满足，并没有感觉饥饿和劳累。"

樊姬又问："大王您所说的忠臣贤士，是从其他诸侯国来的客人呢，还是我们自己国内的贤士？"

楚庄王说："其实就是沈令尹！"

樊姬掩口笑出声来。楚庄王奇怪地问："你为什么要笑呢？"

樊姬止住笑回答说："自从我有机会服务于大王，为您铺床叠被，服侍您洗澡沐浴并亲自为您拿毛巾和梳子，一晃已经 11 年了。我自认对您照顾得够细致了，但我还是经常派人去梁国、郑国物色一些美女来服务您；到今天，和我一起侍奉您的有 10 人，其中有 2 人比我还要贤惠。难道我不想让大王您专宠我吗？我只是不愿意因为想得到专宠，就把其他人藏起来，而是更希望大王您得到更好的照顾。"

庄王点头，樊姬转入正题说："如今沈令尹在楚国任宰相已经多年了，却从没见过他招来更多的贤达人士，也没有辞退过那些能力不强的人。这样的人，又怎么能说是国家的忠臣贤士呢！"

第二天，楚庄王上朝，把樊姬的话告诉了沈令尹。沈令尹听了十分惭愧，辞去相国之位而举荐孙叔敖接任。孙叔敖治理楚国井井有条，仅仅三年就使楚国成为诸侯的霸主。楚国的史官在竹简中记录这件事情时，评价说：“楚国能成就这样的霸业，有樊姬的一份功劳呀。”

《诗经》上说：“百尔所思，不如我所之。(比起你们不高明的主张，我的考虑难道不谨慎?)”

学问之乐，可以润身

淇 奥

瞻彼淇奥，绿竹猗猗。有匪君子，如切如磋，如琢如磨。瑟兮僩兮，赫兮咺兮。有匪君子，终不可谖兮。

瞻彼淇奥，绿竹青青。有匪君子，充耳琇莹，会弁如星。瑟兮僩兮，赫兮咺兮。有匪君子，终不可谖兮。

瞻彼淇奥，绿竹如箦。有匪君子，如金如锡，如圭如璧。宽兮绰兮，猗重较兮。善戏谑兮，不为虐兮。

看那淇水河湾，翠竹挺立修长。有位美貌君子，骨器象牙切磋，翠玉奇石雕琢。气宇庄重轩昂，举止威武大方。有此英俊君子，谁能忘得了他！

看那淇水河湾，翠竹青青葱葱。有位美貌君子，耳嵌美珠似银，帽缝宝石如星。气宇庄重轩昂，举止威武大方。有此英俊君子，谁能忘得了他！

看那淇水河湾，翠竹聚合竞茂。有位美貌君子，好似金银璀璨，有如玉璧温润。气宇旷达宏大，倚乘卿士华车。妙语如珠活跃，待人体贴温和！

[太傅开讲]

闵子骞刚开始向孔子学习时，脸色干枯，经过一段时期，才变得红润起来。子贡发现了他的这一变化，于是问道："最近你的脸色好像变得红润了，是什么缘故呢?"

子骞回答："我生长在鄙陋的村野，到老师门下受教。开始的时候，老师告诉我孝顺父母，教给我治理国家的方法，我心里觉得很喜欢。但是我到外面去，看到那些达官贵人坐在豪华的大车上，前后彩旗飘扬，衣着华美的官吏在后面跟随着，心里又很羡慕。这两种情绪在我心中激烈交战，所以脸色干枯。”

子贡点头，子骞接着说：“到后来，我慢慢接受了老师说的道理，又跟各位同学在一块研讨，学问长进了，心里能够明辨是非了。现在再在外面看到豪华的车队，明白是怎么回事了，所以就跟看到泥巴一样无动于衷了。心里安定，脸上也自然就红润起来了。”

《诗经》上说：“如切如瑳，如琢如磨。”

曾子论君子三言

中谷有蓷

中谷有蓷，暵其干矣。有女仳离，慨其叹矣。慨其叹矣，遇人之艰难矣。

中谷有蓷，暵其修矣。有女仳离，条其歗矣。条其歗矣，遇人之不淑矣。

中谷有蓷，暵其湿矣。有女仳离，啜其泣矣。啜其泣矣，何嗟及矣。

山谷长着益母草，天旱不雨草枯焦。有位女子被遗弃，抚胸长叹心苦恼。抚胸长叹心苦恼，嫁人嫁得太糟糕！

益母草长山谷间，天旱不雨草晒干。有位女子被遗弃，唉声长叹心里酸。唉声长叹心里酸，不幸嫁个负心汉！

益母草长山谷中，天旱草枯地裂缝。有位女子被遗弃，呜咽悲泣心伤痛。呜咽悲泣心伤痛，后悔莫及叹也空。

[太傅开讲]

作为孔子的学生，曾参从孔子那儿曾经得到过一句批评是“参也鲁”，可见他不是那种特别机灵的人。不过，这个有些“鲁”的人性格却非常厚重、笃实、刚毅，说出的话也总是那么简洁有力，掷地有声。比如“士不可以不弘毅，任重而道远”“可以托六尺之孤，可以寄百里之命，临大节而不可夺”等。有人评价说：“孔门心传居然被这个愚钝的人得到了！”

有一次，曾参和子贡二人在一起讨论学习心得。曾参对子贡说：“一个正直的人，有三句话应该持之以恒地坚持：一是不要疏远了亲人而亲近外人，二是不要因自身行为不正却怨恨他人，三是不要在灾难降临的时候呼天喊地。”

子贡问道："为什么呢？"

曾参回答说："疏远亲人而亲近外人，这不颠倒了吗？自身行为不正而怨恨他人，二者本是风马牛不相及的事呀！当灾难降临的时候才呼天喊地，这不是为时已晚了吗！"

子贡点头称叹。

《诗经》上说："啜其泣矣，何嗟及矣。"

理国有道则民安

大叔于田

大叔于田，乘乘马。执辔如组，两骖如舞。叔在薮，火烈具举。袒裼暴虎，献于公所。将叔勿狃，戒其伤女。

大叔于田，乘乘黄。两服上襄，两骖雁行。叔在薮，火烈具扬。叔善射忌，又良御忌。抑磬控忌，抑纵送忌。

大叔于田，乘乘鸨。两服齐首，两骖如手。叔在薮，火烈具阜。叔马慢忌，叔发罕忌，抑释掤忌，抑鬯弓忌。

叔到围场去打猎，四匹马儿拉车跑。一把缰绳像丝组，两匹骖马像舞蹈。叔在湖边草地，几处猎火齐烧。赤膊空拳捉虎，捉虎献给公爵。不要常常这样，防它将你伤着！

叔到围场去打猎，四马拉车毛色黄。中央两马领前奔，两旁马儿像雁行。叔在湖边草地，一片猎火高扬。叔是射箭神手，赶车他又高强。一会勒马不进，一会马蹄奔放。

叔到围场去打猎，四匹花马来拉车。中央两马头并头，两旁马似左右手。叔在湖边草地，猎火高高烧起。马蹄越跑越闲，箭杆越飞越稀。箭筒盖儿打开，弓儿装进袋里。

[太傅开讲]

春秋时期，人们要学习“六艺”，就是礼、乐、射、御、书、数。这里的“御”就是驾车。孔子在乡校的时候，也就是相当于咱们现在的义务教育阶段，就已经学会了驾车的本领了，而且很注意车上的礼仪，不会东张西望，不会很快地讲话，也绝不指指点点：“升车，必正立，执绥。车中，不内顾，不疾言，不亲指。”

古时候，有一户颜家三代都从事驾车的工作。颜无父的驾车技术很棒，马知道身后面有车却感觉很轻松，知道马车上的人喜欢它们，马儿行使着它的职责，并且喜欢它自己的工作。如能让马说话，它肯定这样说：“现在能拉着车儿跑这么快，是多么高兴的事呀!”

到了颜沦这一代时，驾车就不如颜无父了。马知道身后面有车却感觉很轻松，知道马车上的人尊重它们。马儿行使着它的职责，并且敬重它自己的工作。如能让马说话，它肯定这样说：“快跑呀，那个人正指挥我这么做呀!”

而等到颜夷这一代时，驾车就更加等而下之了。马知道身后面有车，且感觉很沉重，它们知道马车上有人，而且心里很畏惧他，马儿行使着它的职责，但是害怕所从事的工作。如果能让马说话，它肯定会这样说：“快跑呀，快跑呀，如果你不快点，他就杀死你的。”

所以说，驾驭马车要有一定的方法，治理民众有遵循正确的方法啊。有了正确的方法那就能使马儿和平相处，马儿拉起车来就很欢畅。施行好的政策那么民众就会安乐聚集起来。

颜渊陪着鲁定公坐在高台上，东野毕驾驶着马车在台下奔驰，鲁定公就说：“好棒啊，东野毕的驾驭技术真是好呀。”

颜渊说：“好，的确是不错，但是他的马恐怕要逃掉呀。”

鲁定公马上现出不高兴的样子，跟身边的人说：“听说行为高尚的君子一般不诽谤别人，难道行为高尚的人也一样诽谤别人吗?”

颜渊听完就告退了，不一会，东野毕的马儿就逃跑了。鲁定公惊诧地从席间站了起来，说：“赶快驾车召颜渊来见。”

颜渊到了，鲁定公就说：“前面我说了，‘好棒呀，东野毕的驾驭技术。’

你就说：‘好是好啊，但是他的马恐怕要逃掉呀。’我不知道你是怎么知道这件事的?”

颜渊回答说：“我从当朝的道理就知道这件事了。以前舜帝善于用人，造父善于使用马，舜帝不会过度地驱使他的百姓，使国民穷乏困顿，造父不会过度驱使他的马匹，使马精疲力竭，因为这样舜帝时期百姓没有逃离的，造父也没有逃逸的马匹。如今东野毕在马车上拉着缰绳，用力使马的身体端正，驱使着马儿快速地转圈，快步地行进，都按照鲁国的礼仪完成了。又让马车跑在崎岖的山路上做长距离的驱使，马儿的力量用完了，但还是不停地用鞭子抽打着马儿，我就是因为这样知道马儿将要逃逸啊。”

鲁定公说道：“说得好啊。请再多讲讲。”

颜渊接着说道：“野兽走投无路的时候就会咬人，鸟儿逼到极点也会啄人，人被逼急了就会使用奸诈的手段。从古代直到现在，把自己的国民逼得走投无路而国家没有危险的，还从来没有过呀。《诗经》上说：‘执辔如组，两骖如舞。’这说得正是善于驾驭车马的人呀。”

鲁定公恍然大悟地说：“这都是我的过失呀!”（出自《大叔于田》）

晏子舍生取义

旱麓（节选）

清酒既载，骍牡既备。以享以祀，以介景福。

瑟彼柞棫，民所燎矣。岂弟君子，神所劳矣。

莫莫葛藟，施于条枚。岂弟君子，求福不回。

清酒已经摆上了，黄色公牛已备好。祭祀神灵齐献上，祈求大福快来到。

柞树白桵洁又鲜，人们焚烧祭上天。君子和乐又平易，神灵抚慰保平安。

茂茂密密野葡萄，爬满树干和枝条。君子和乐又平易，求福从不违正道。

羔 裘

羔裘如濡，洵直且侯。彼己之子，舍命不渝。

羔裘豹饰，孔武有力。彼己之子，邦之司直。

羔裘晏兮，三英粲兮。彼己之子，邦之彦兮。

身上羊裘润如膏，行为端正品德好。他是那样一个人，舍命为国守善道。

羔裘袖口豹皮镶，非常勇武有力量。他是那样一个人，执法如一有名望。

羔皮袍子美无比，三条缨饰增艳丽。他是那样一个人，国家俊贤数第一。

[太傅开讲]

春秋时，齐庄公与国相崔杼的妻子棠姜有私情，结果被崔杼察觉。公元前548年，庄公又前往崔家，崔杼趁机埋伏下刀兵，等庄公进入内室以后，率领军士一拥而上围住了他。齐庄公逃上高台，请求免于一死，崔杼不答应；齐庄公又请求与崔杼结盟或者让他到太庙里自杀，崔杼均不答应。庄公无奈翻墙，被军士用箭射中大腿跌落地，旋被杀死。

崔杼杀了齐庄公，马上召集朝中的士大夫举行盟约大会，要求参加会盟的人都把佩剑解下来，并且把发誓时表现犹豫的人以及手没醮到血的人都杀死了。轮到晏子时，已经杀了十多个人。

参加会盟的人都看着晏子，不知他会怎样做。晏子坦然捧起歃血的杯子，举首向天叹息："可恶啊！崔杼做了违背正义的事情，杀害了他应该效忠的国君。"

崔杼威胁晏子说："如果你和我结盟，我会和你共享朝政；如果你不和我结盟，我会让士兵用刀砍死你、用戈刺死你。我希望你好好考虑这件事!"

晏子回答说："保全性命和利禄而背叛国君，这样做是不仁义的；被兵刃胁迫就改变志向节操，这样做称不上勇敢。《诗经》上说：'莫莫葛藟，延于条枚。恺悌君子，求福不回。'我难道能轻易放弃吗？哪怕被刀砍死、被戈刺死，我也不会改变刚才所说的。"

崔杼无可奈何地说："放了他吧。"

晏子起身走出大门，拉着车绳登上马车。马夫紧张地马上驱车飞驰。晏子拍着他的手说："麋鹿在山中树林游玩，性命却终结在厨房里。既然生死取决于他人，跑得再快又有什么用呢？"于是他们就按照礼仪，安稳平和地驾着马车离开了。

《诗经》上说："羔裘如濡，恂直且侯；彼己之子，舍命不渝。"这说的就是晏子啊。

正直即为所当为

[太傅开讲]

楚昭王手下有个官员叫石奢，为官公正而忠诚，被昭王任用做了大法官。

某一天，官吏报告说有人在路上杀了人，正在逃跑。石奢于是便率兵吏追赶，等追上以后，却发现那人是他的父亲，于是放走他，然后来到朝堂上请罪。他对昭王说："杀人者是我的父亲。如果把他抓来，牺牲他的性命来提升我执法公正的美名，这就是不孝；可是不执行法令，这是对国家不忠；我私自释放罪犯触犯了法律，自愿受到惩罚，这是我恪守的原则。"

说完，他就主动伏身到行刑的刀斧前说："我这条命任由国君处置吧！"

昭王替他打圆场说道："你已经尽职追赶罪犯了，虽然没有抓住，又怎么算是有罪呢？你回去干好你的本职的工作吧！"

石奢拒绝说："不是这样的。如果不袒护自己的父亲，就是不孝；不执行国家的法令，就是不忠；我把犯了死罪的人放跑，是我执法不廉明。国君您想要赦免我，我感谢您的这种恩惠；但是我不能因此枉法，这是我作为臣下的道义所在。"

说完，他就自己撞向刀锋，死在了朝堂上。有道的君子听说了这件事说道："石奢确实能严格执行法令啊！"孔子评价说："儿子替父亲隐瞒罪行，父亲为儿子隐瞒罪行，这也是人要遵循的原则呀。"

《诗经》上说："彼己之子，邦之司直。（他是这样一个人，执掌司法有原则）"（出自《羔裘》）说得就是石奢呀。

君子之行美天下

［太傅开讲］

蘧伯玉名瑗，是春秋时卫国蒲邑人，辅佐过卫国献、殇、灵三代国君。他自幼饱读经书，能言善辩，外表宽厚仁慈，内心坦率正直，所言所行符合行事规范，自己公正无私，但却从不强迫别人和自己一样。他在不得志的时候也能从容安怡，不会因此郁郁寡欢。

蘧伯玉年长孔子30多岁，当孔子还是孩子时，蘧伯玉就是名满天下的卫国贤大夫了。孔子53岁开始周游列国，第一站就是直奔蘧伯玉而来。他的恢复周礼、施行仁爱的理论到处碰壁，只有在卫国才找到了知音。当时主政相位的蘧伯玉的仁政与孔子如出一辙。正因如此，孔子周游列国14年、涉卫10年，其中9年都客居在蘧府中。有一个故事颇能说明他的品行。

卫灵公一天晚上和妻子夜坐，听到宫墙外车声辚辚，由远及近，到宫门却静下来（按古礼，臣下乘车过宫门应下车步行并减慢车速），过了宫门又响了起来。卫灵公问夫人："不知道是谁经过？"

夫人答到："这一定是蘧伯玉。"

卫灵公问："你怎么知道是他？"

夫人回答说："蘧伯玉是卫国的贤大夫，此人仁而有智，对上恭敬，他必定不会因为暗中无人而废礼，所以我料定是他。"

卫灵公出外叫人去打听，果然是蘧伯玉。但卫灵公回到屋里却瞒着夫人说："你猜错了，偏偏不是蘧伯玉。"

夫人一听，便向卫灵公表示祝贺。卫灵公莫名其妙，夫人解释说："我原以为卫国只有一个蘧伯玉，现在却又多了一个和他一样的人，国多贤臣，国之幸也。所以我要向您表示祝贺。"

卫灵公叹道："你说得太好了。"就将实话告诉了妻子。

蘧伯玉的名望在诸侯间赫赫有名，天下的人都希望身边有这样的人。做父亲的会希望有蘧伯玉这样的人做儿子，做儿子的希望有他这样的人做父亲，一国之君希望他这样的人做臣子，臣子又希望有他这样的人做国君。

《诗经》上说："彼己之子，邦之彦兮。（那个人啊！是国家的美士）"（出自《羔裘》）这是君子的行为呀。

大德不逾，小节不拘

野有蔓草

野有蔓草，零露漙兮。有美一人，清扬婉兮。邂逅相遇，适我愿兮。

野有蔓草，零露瀼瀼。有美一人，婉如清扬。邂逅相遇，与子偕臧。

野有青草，露珠圆转。有位佳人，顾盼生香。邂逅相遇，正我所盼。

野有青草，露珠晶亮。有位佳人，眼波飞扬。邂逅相遇，快乐同享。

[太傅开讲]

孔子与齐国的程本子在郯城境内相遇，两人一见如故，高兴地聊了整整一天。在谈话空隙的时候，孔子回头对子路说："仲由啊，拿十四上等的丝绸，送给程先生。"

子路装作没有听见，侧过脸去。过了一会儿，孔子见子路没动静，又回头对他说："仲由啊，拿十四上等的丝绸，送给程先生。"

子路不高兴地回答："以前我从夫子您这里听说过，士人不在半路唐突地与别人谒见，因为这和女子没有经过媒妁之言就出嫁一样，不是君子的所作所为呀。"

孔子笑了笑说道："《诗经》上不是说过吗，'野有蔓草，零露漙兮。有美一人，清扬婉兮。邂逅相遇，适我愿兮。'齐国的程本子，是天下贤德具备的人，我在这个时候不拿出礼物赠送给他，这一生恐怕再也见不到他了。在有关品行的大事上不要逾越界限，在做事小节上迁就变通一下也是可以的，不要过分地计较。"

君子不尸位素餐

伐檀

坎坎伐檀兮，置之河之干兮。河水清且涟猗。不稼不穑，胡取禾三百廛兮？不狩不猎，胡瞻尔庭有县貆兮？彼君子兮，不素餐兮！

坎坎伐辐兮，置之河之侧兮。河水清且直猗。不稼不穑，胡取禾三百亿兮？不狩不猎，胡瞻尔庭有县特兮？彼君子兮，不素食兮！

坎坎伐轮兮，置之河之漘兮。河水清且沦猗。不稼不穑，胡取禾三百囷兮？不狩不猎，胡瞻尔庭有县鹑兮？彼君子兮，不素飧兮！

叮叮咚咚来把檀树砍，砍下檀树放河边，河水清清水上起波澜。栽秧割稻你不管，凭什么千捆万捆往家搬？上山打猎你不沾，凭什么你家满院挂猪獾？那些真正的君子啊，可不是白白吃闲饭！

做车幅丁冬砍木头，砍来放在河埠头，河水清清河水直溜溜。栽秧割稻你闲瞅，凭什么千捆万捆你来收？别人打猎你抄手，凭什么满院挂野兽？那些真正的君子啊，可不是无功把禄受！

做车轮儿砍树丁冬响，砍来放在大河旁，河水清清圈儿连得长。下种收割你不忙，凭什么千捆万捆下了仓？上山打猎你不帮，凭什么你家鹌鹑挂成行？那些真正的君子啊，可不是白白受供养！

［太傅开讲］

商纣王时，朝中的乐师商容拿着祭祀用的舞具和乐器，希望通过表演劝化商纣王，最终没有成功，于是就离开国都，到太行山中隐居起来。后来周武王推翻了殷商，做了天子，听人说起商容的故事，就派人去召请商容，想任命他担任三公一类的高官。

没想到商容却拒绝了。他说："我曾经努力劝化商纣王，但是没有成功，这是我的愚钝；后来不再继续努力反而隐居到太行山来，这是我的怯懦；像我这样一个愚钝而懦弱的人，确实不具备当三公的资格。"最终，他也没有接受周武王的召请。

一些君子听到这件事后说："商容虽然是亡国之臣，但他能够反省自己，而不夸大自己做过的事情，可以说是真正的君子！他的这种德行，比那些不择手段只拿俸禄不干活的人强多了呀！"

春秋时，晋文侯任命李离担任法官，李离因为轻信下属而错判人死罪，等执行完了才发现是冤案。于是他就到朝廷自首，请求治自己死罪。文侯说："当官的人有高贵的也有低下的，对处罚来说有轻也有重。这件事主要是执行的下属犯了罪，不是你的罪过呀。"

李离回答道："在这件事情上，我的官位最大，从不曾把这个官位让给下属；接受的爵位和俸禄最多，也没有把俸禄分给下属。现在因为轻信而错杀了人，却让我下属顶罪，这种事情我做不出来。我不接受您让我找下属顶罪的决定。"

文侯又说道："你认为自己有罪，那寡人我也有罪啊。"

李离道："法令判决如果有失公正，就应该处以刑罚，如果刑罚有失公允就是死罪了。国君认为我能够把握住细节，处理复杂疑难的案件，所以让我做了司法官。如今因为误听他人而杀错了人，这样的罪行是应当处死的。"

文侯说："你要放弃地位舍弃官职，认罪并为国家法律公正而死，这不是我希望看到的。你快回去吧，不要让我再因为这事而心烦。"

李离坚持道："国家管理如果乱了，整个国家就有危险，这是您担心的事情；部队如果战败，就会兵败如山倒，这是将军担忧的事情。没有能力的人不应该辅佐国君，行为不端正的人不能做官，没有功德就不能领取俸禄。我不能自欺欺人地再活在世上。”

他说完，就拔剑自杀了。当时的君子们听说过这件事都评价说：“李离真是一位忠臣呀！”

《诗经》上说：“彼君子兮，不素餐兮。”（出自《伐檀》）形容的就是商容、李离这一类人啊！

贤士易失难复得

硕 鼠

硕鼠硕鼠，无食我黍！三岁贯汝，莫我肯顾。逝将去汝，适彼乐土。乐土乐土，爰得我所。

硕鼠硕鼠，无食我麦！三岁贯汝，莫我肯德。逝将去汝，适彼乐国。乐国乐国，爰得我直。

硕鼠硕鼠，无食我苗！三岁贯汝，莫我肯劳。逝将去汝，适彼乐郊。乐郊乐郊，谁之永号？

大老鼠啊大老鼠，千万莫吃我黄黍！三年小心服侍你，无人肯把我照顾。发誓就要离开你，去那遥远新乐土。新乐土啊新乐土，那儿有我好住处！

大老鼠啊大老鼠，千万莫吃我麦子！三年小心服侍你，我的恩德谁记起？发誓就要离开你，去那遥远新乐地。新乐地啊新乐地，我的位置在哪里？

大老鼠啊大老鼠，千万莫吃我禾苗！三年小心服侍你，无人肯把我慰劳。发誓就要离开你，去那遥远新乐郊。新乐郊啊新乐郊，谁人还会长哀号？

[太傅开讲]

春秋时，田饶辅佐鲁哀公却不被重用，就对哀公说：“我将要离开国君您，就像黄鹄那样展翅飞到远处去。”

哀公问：“你为什么这么说呢？”

田饶回答说：“国君您难道没见过鸡吗？鸡的头上有鸡冠气宇轩昂，这是有文采；鸡爪锋利能够搏击，这是有武力；有敌人在面前而能够抗争，这是有勇气；得到了食物而相互告知，这是讲仁义；蹲守在夜里准确地在天亮时叫鸣，这是讲诚信呀。一只鸡具有这五种美德，国君您还每天都宰杀烹煮来吃它，为什么呢？是因为它离您比较近的缘故。黄鹄振翅一飞千里，栖落在国君您的花园池畔，吃国君您池中的鱼鳖，啄食国君您田里的黍与高粱，没有鸡的那五种美德，国君您却很珍爱它，是因为它所来的地方比较远的缘故呀。我将要离开国君，就像黄鹄展翅高飞一样！”

鲁哀公说道：“你不要离开。我要把你的这番话记录下来。”

田饶又说道：“我还听说：吃他人提供食物的人，不会毁坏吃饭的器皿；在树下乘凉的人，不会折断树上的树枝。现在您有忠臣贤士不能任用，又何必记录他所说的话呢？”

他说完后就告辞，直接去了燕国，不久被任命为相国。过了三年，燕国政通人和，全国各地路不拾遗，夜不闭户。鲁哀公听说后惋惜长叹不已，有三个月时间不进卧室睡觉，身体瘦削了很多。他感叹地对别人说：“我以前做事不够谨慎，后来就后悔了，但失去的贤士又怎么能够再得到呢？”

《诗经》上说：“逝将去汝，适彼乐国。乐国乐国，爰得我直。（发誓从此离开你，到那理想新乐邑，新乐邑呀新乐邑，付出就能有收获）”

任人者佚，任力者劳

山有枢

山有枢，隰有榆。子有衣裳，弗曳弗娄。子有车马，弗驰弗驱。宛其死矣，他人是愉。

山有栲，隰有杻。子有廷内，弗洒弗扫。子有钟鼓，弗鼓弗考。宛其死矣，他人是保。

山有漆，隰有栗。子有酒食，何不日鼓瑟？且以喜乐，且以永日。宛其死矣，他人入室。

山坡上面有刺榆，洼地中间白榆长。你有上衣和下裳，不穿不戴箱里装。你有车子又有马，不驾不骑放一旁。一朝不幸离人世，别人享受心舒畅。

山上长有臭椿树，菩提树在低洼处。你有庭院和房屋，不洒水来不扫除。你家有钟又有鼓，不敲不打等于无。一朝不幸离人世，别人占有心舒服。

山坡上面有漆树，低洼地里生榛栗。你有美酒和佳肴，怎不日日奏乐器。且用它来寻欢喜，且用它来度时日。一朝不幸离人世，别人得意进你室。

［太傅开讲］

子贱在单父做地方官时，经常弹琴鸣乐一整天，连官衙的大门都很少出去，但是子贱却治理得很好。后来子贱卸任，巫马期接替他担任单父地方官，所有工作他都亲力亲为，日夜不休息，每天天不亮就出门巡访办公，到满天繁星时才能回来。

但是一年下来，巫马期却发现治理的效果还不如子贱在任的时候。巫马期奇怪，于是找到子贱，请教他治理单父举重若轻的奥妙。子贱回答说：“我任用了一批能干的人，您却靠您自己的能力。任用贤能的人去工作，那么您就会轻松，而只靠自己的能力去工作就会很劳累。”

大家都说子贱是真正有贤能的人，身体轻松安逸，耳聪目慧，心平气静，悠然自得，而任用的官吏把什么事情都管理得很好。这是他懂得用人的方法，能让官吏发挥自己的才能。巫马期则不是这样，事事亲力亲为，劳心费力亲自教化百姓，虽然得到很好的治理，但是还未到所能达到的最好的程度。

《诗经》上说：“子有衣裳，弗曳弗娄；子有车马，弗驰弗驱。（你有衣来又有裳，不穿不着放在箱，你有车来又有马，不乘不骑闲置放）”

子路论施道行义

椒　聊

椒聊之实，蕃衍盈升。彼己之子，硕大无朋。椒聊且，远条且。

椒聊之实，蕃衍盈匊。彼己之子，硕大且笃。椒聊且，远条且。

花椒子儿生树上，子儿繁盛满升装。那个女子福气好，身材高大世无双。花椒子儿一串串，香气阵阵向上扬。

花椒子儿生树巅，盛满一把真繁衍。那个女子福气好，身材高大又壮健。花椒子儿一串串，香气阵阵散满天。

[太傅开讲]

在孔门中，比孔子小九岁的子路与老师孔子的关系最为特殊。他既是孔子的学生兼朋友，又是孔子游学团的管理者。

子路名仲由，是卞邑人，祖上曾是地方官，到他父母这一辈，已沦落为平民。少年时期的仲由多半靠种地和打猎谋生，他的家乡卞邑（今山东泗水县泉林镇卞桥村）与孔子所生活的鲁国都城陬邑（今山东曲阜）大约只有八九十里路的距离。青年时期的仲由经常提着猎物到都城去换粮食回家供养父母，后来曲阜地区有子路“百里负米”的传说。

子路生性质朴，刚武直率，头带雄鸡样式的帽子，身佩叫做猳豚的长剑，曾经冒犯欺凌过孔子。孔子施以礼教，逐渐引导子路，子路后来改穿儒服，通过孔子的弟子介绍，送上拜师的礼物，做了孔门弟子。孔子曾经评价他说：“在我的弟子中，穿着用乱麻作絮的旧袍同穿着狐貉皮大衣的人站在一起，而毫无愧色的，大概只有仲由吧！”

子路说：“士人如果不能勤奋吃苦，不能视死如归，不能安贫乐道，却说自己做的都是道义之事，我是不会相信的。以前申包胥站在秦国朝廷的大殿上，七天七夜，不停地哭泣，楚国因而得以幸存了下来，不是勤奋能吃得了苦，怎么能到这个地步呢？比干将要被处死，却对纣王更加忠心地劝谏；伯夷和叔齐在首阳挨饥受饿，而他们的心志却更加彰显；不是能轻视死亡，怎么能做到这个地步呢？曾子穿着粗布制作的棉衣，破烂的衣服从来没有完整过，吃粗糙的米饭，也从没有能够吃饱，因为对要他做的事情不合道义，就辞去了上卿的官位，不能甘于贫穷，怎么能做到这个地步呢？士人想安身立命，施行道义，应该不管事情是困难还是容易，都努力去做，然后才能够完成它；想施以仁义之举彰显名望，应该不管对自己是有利还是有害，都努力去做，然后才能实现它。”

《诗经》上说：“彼己之子，硕大且笃。（那个人品德笃厚，身材高大又壮健）”如果不是专注修行而身体力行的君子，那怎么会做到这样的呢？

志士唯仁是求

鸨羽

肃肃鸨羽，集于苞栩。王事靡盬，不能蓺稷黍。父母何怙？悠悠苍天，曷其有所？

肃肃鸨翼，集于苞棘。王事靡盬，不能蓺黍稷。父母何食？悠悠苍天，曷其有极？

肃肃鸨行，集于苞桑，王事靡盬，不能蓺稻粱。父母何尝？悠悠苍天，曷其有常？

野雁沙沙响一阵，栎树丛里息不稳。王差不得息，庄稼种不成！饿死爹妈谁来问？老天啊老天！哪天小民得安身？

野雁沙沙翅儿颤，酸枣丛里息不安。王差不得息，庄稼完了蛋！我爹我妈准饿饭！老天啊老天！哪儿有个了啊哪儿有个完？

野雁成行响飕飕，息在一丛桑树头。王差不得息，庄稼不能收！爹妈拿什么来糊口？老天啊老天！太平年头几时有？

[太傅开讲]

孔子在陈国处境艰难，弟子子路和巫马期到韫山的山脚下砍柴。这时，当地一位姓虞师的富人，带着一百多辆车的随从，前呼后拥来到韫山顶上饮酒作乐。

听着山顶上一阵阵的喧嚣声，子路半开玩笑地对巫马期说道：“假如现在让你换个角色，这一生不再跟着夫子学习，也不再见夫子，就以你现有的知识才能去做生意，过虞师那样的富裕生活，你愿意吗？”

巫马期听了，长叹了一口气，把镰刀啪的一声地扔在地上说道：“我曾经听夫子说过，有勇气的人不怕掉脑袋，有志向和仁德的人不怕终老于穷乡僻壤。你难道不了解我的追求吗？还是在试探我？你刚才说过的话，是不是你自己的想法呀？”

子路听了非常惭愧，就背着柴先回去了。孔子问道：“子路你过来，为什么你和巫马期一块儿出去，你却先回来了呢？”

子路把发生的事情如实告诉孔子。孔子点了点头，摆好琴，一边弹奏一边唱起来：“《诗经》上说：‘肃肃鸨羽，集于苞栩。王事靡盬，不能蓺稷黍。父母何怙？悠悠苍天，曷其有所？（大雁沙沙展翅膀，落在从从柞树上。国王差事做不完，不能在家种黍粱。爹娘生活靠谁养，抬头遥问老天爷，啥时候才能回家乡？）’都是因为我所推行的道义无法施行啊，让你有了这样的想法……”

读书见里，方为精微

衡 门

衡门之下，可以栖迟。泌之洋洋，可以乐饥。

岂其食鱼，必河之鲂？岂其取妻，必齐之姜？

岂其食鱼，必河之鲤？岂其取妻，必宋之子？

安上横木就是门，无忧无虑可安身。泌水汩汩不停息，可以止渴与充饥。

何必想要吃鱼时，定要吃那河鲂鱼？何必想要娶妻时，定要齐国姜姓女？

何必想要吃鱼时，只吃黄河大鲤鱼？何必决定娶妻时，定要宋国子姓女？

[太傅开讲]

子夏读完了《尚书》，和孔子交流心得。

孔子问：“你认为《尚书》好在什么地方?”

子夏回答说：“《尚书》中所描述的东西，就像太阳和月亮的光芒一样熠熠生辉，就像运行不息的星星一样闪烁。往上说有尧帝和舜帝的治国之道，往下说就有夏商周开国之君的治国之策，弟子须臾不敢忘却，即使住在破草房里，弹着琴吟唱古代圣王的歌谣，其中的快乐让我有时连吃饭都忘记了。有朋友来的时候就和他们一起开心探讨，没人相伴时也自得其乐。正如《诗经》上所说：‘衡门之下，可以栖迟；泌之洋洋，可以乐饥。’”

孔子听了，面带惊讶地说：“太好了，以你现在对《尚书》的理解，可以和你深入讨论了！不过，刚才你只体会到了一个层次的东西，还没有了解深层的奥妙之处。”

颜渊在旁边问道：“既然子夏已经看到了一个层次，那么它深层的奥妙有哪些呢？”

孔子说：“如果只在门口往里瞧，不走到里面去，又怎么能知道里面所深藏的东西在哪里呢？其实发现那些东西不是很难的事情。我费尽心思潜心求学，已经深入它的里面了，但感觉前面有高高的岸堤，后面有深深的山谷，就这样孤单单地伫立在那儿而已，还没有真正见到更深处的本质，所以我也不能说知道了所有精妙细微之处！”

卷 三

大道容众，大德容下

天 作

天作高山，大王荒之。彼作矣，文王康之。彼徂矣，岐有夷之行，子孙保之。

天生巍峨岐山冈，太王经营地更广。上天在此生万物，文王安抚定周邦。人心所向来归顺，岐山大道坦荡荡，子孙永保这地方。

［太傅开讲］

舜帝自幼家境清贫，颠沛流离，为养家糊口而到处奔波。他曾经在历山（今山西运城市芮城县东）耕耘种植，在雷泽（在今山西永济市首阳乡）打鱼，在黄河之滨制作陶器。到 20 岁的时候，舜在各方面都表现出卓越的才干和高尚的人格力量，只要是他劳作的地方，便兴起礼让的风尚；制作陶器，也能带动周围的人认真做事，杜绝粗制滥造的现象。因此，他受到人们的广泛称扬。

尧向四方诸侯之长四岳征询继任人选，四岳就推荐了舜。尧将两个女儿嫁给舜，以考察他的品行和能力。舜不但使二女与全家和睦相处，而且他到了哪里，人们都愿意追随，因而“一年而所居成聚（聚即村落），二年成邑，三年成都（四县为都）”。经过多方考验，尧终于认可了舜，就选择吉日举行大典，禅位于舜，

舜虽然做了天子，但是生活仍然十分简朴，而且懂得包容。他的炊具和盛

饭的器皿都是瓦做的，也很少吃肉，但是人民又不会因为使用精美器具或者吃肉而受罚；他经常穿着粗陋的衣服和围领，但并不禁止民间裁制华衣。正因如此，他得到了四方百姓的归附。

《诗经》里说：“岐有夷之行，子孙保之。”

为善祸不至，为不善福不臻

我 将

我将我享，维羊维牛，维天其右之。

仪式刑文王之典，日靖四方。伊嘏文王，既右飨之。

我其夙夜，畏天之威，于时保之。

我把祭品敬献上，既有牛来又有羊，希望老天来品尝。

效法文王好榜样，每日谋划安四方。伟大圣明周文王，已经保佑受祭享。

我将日夜勤国政，敬畏老天大威灵，保佑国家长太平。

［太傅开讲］

殷朝的时候，商汤发现朝殿上生长出稻谷，但是三天就长得非常粗大，像一棵小树一样。汤很惊讶，就向伊尹请教道："这是什么东西呢？"

伊尹看了一下，回答："这是谷树。"

汤问道："为什么会长在这里？"

伊尹回答："谷树是生在池泽里的，是野外的物种，现在生长在国君的朝殿上，恐怕不是好兆头。"

汤问道："那该怎么办呢？"

伊尹回答："我听说：妖异的事情是灾祸的征兆，祥瑞的事物是福气的征兆。虽然有妖异的东西出现，但如果行善做好事，灾祸就不会真的发生；即使有祥瑞的事物出现，但如果不做好事，福气也变不成现实。"

汤听罢，就找了一间安静的屋子，独自斋戒反省过往的朝政。反省过后，他起早贪黑地去救死扶伤，重新清理积案，把那些受冤屈或者过错不大的人释放，对贫民进行救济。结果这样只过了七天，谷树就干枯，死了。商汤仍然保持着不敢松懈，国家很快就昌盛起来。

《诗经》里说："畏天之威，于时保之。（崇敬天威遵天道，这才能把天下保）"

行有不得，反求诸己

[太傅开讲]

周文王在位第八年夏天的六月，卧病在床。在他生病的第五天，首都发生了地震，波及范围没有超出都城郊区。官员向文王报告说："我听说，一国发生地震往往和国君有关，国君卧病在床五天就发生了地震，而且范围就在国都之内，现在大臣们都很担心有什么不测之灾，请大王您采取措施转移灾祸。"

文王问："用什么方法来转移灾祸呢？"

官员回答："请您发动百姓大兴土木，加固城墙，这样就可以转移灾祸了！"

文王说："不行。上天出现怪异的现象，是要惩罚有罪的人。必然是我做了有罪的事情，上天才会来惩罚我。如果现在又因此大兴土木，发动百姓在炎热的夏天服劳役加固城墙，这不是免除而是加重了我的罪过，不能这么做。恐怕只有我改变我的行为，施行善举，才可以免除灾祸吧！"

于是，周文王和大臣们商量之后，着手整肃礼仪，把爵位和土地颁布赏赐给有功的大臣，准备礼物与各地的王侯交好；修饰言辞礼待有才能的人，并赐予钱财丝绸。没过多久，他的病就好了。

这就是文王消除灾祸的故事。地震发生于文王在位的第 8 年，又过了 43 年文王才去世，合计在位 51 年。

《诗经》里说："畏天之威，于时保之。"（出自《我将》）

李克之选才五策

时　迈

时迈其邦，昊天其子之，实右序有周。薄言震之，莫不震叠。怀柔百神，及河乔岳，允王维后。

明昭有周，式序在位。载戢干戈，载櫜弓矢。我求懿德，肆于时夏，允王保之。

按时巡视诸侯国，天帝使我为君王，保佑周朝国运昌。周王声威震天下，无不震动受惊慌。祭祀四方山川神，来到黄河泰山上。周王真是好君王。

周朝德行最光明，贤人依序来奖赏。干戈武器都收藏，良弓利箭装进囊。我求先王好德行，遍施华夏各地方，周王保持永不忘。

［太傅开讲］

李克是战国初期魏国的著名政治家、法学家。

有一次，魏文侯想任命卿相，请来李克询问：“我打算任命卿相，不知是用翟黄好还是用魏成子好，希望先生帮我选择。”

李克说：“我听人家说，地位低的人从不帮地位高的人谋划，与君王疏远的人不参与谋划君王亲近的人和事。我是外人，不敢受命。”

魏文侯说：“先生不要推辞。”

李克说：“观察士人要看他平时亲近什么人，富裕时把钱给什么人，显达时提拔什么人，遇到困难时哪些事他不做，贫穷时哪些东西他不拿。从这五点就足以观察士人的才德了。”

魏文侯说："多谢先生，我要任命的人选已经确定了。"

李克从王宫出来，遇见了翟黄。翟黄问他："听说君王今天请先生帮助选择卿相，那么最后决定谁做卿相呢？"

李克说："魏成子。"

翟黄马上变了脸色，说："我什么地方不如魏成子？防守西河的人是我推荐的；君王担心邺县的治安，我推荐了西门豹；君王要讨伐中山国，我推荐了乐羊为统帅；攻打中山国后，没有人防守，我推荐了先生；君王想给太子找一位老师，我推荐了赵苍。我推荐的人都有功绩，我什么地方比不上魏成子呢？"

李克说："你把我推荐给国君难道是为了结党，并以此求取更高的官位吗？君王打算任命卿相，想从魏成子和你两人中间选择一个，问我你们两个人怎么样，我回答说：'君王之所以不能决定哪一个适合做卿相，是因为没有仔细观察的缘故。'"

接着，李克把与魏文侯说的话给翟黄复述了一遍，然后说："我想君王肯定选择了魏成子。你没听说吗？魏成子只把他 1/10 的俸禄留为家用，其余的用于聘请天下贤士。因此，得到了卜子夏、田子方和段木干三位贤人，这三个人君王都把他们看成师友。你所推荐的人，君王只不过任命为臣子，你哪里能跟魏成子比呢？"

这一番话说得翟黄心服口服，他惭愧地后退一步，向李克行礼说："我见识浅陋，在先生面前失礼了。"

《诗经》里说："明昭有周，式序在位。"

修礼者王天下

执　竞

执竞武王，无竞维烈。不显成康，上帝是皇。

自彼成康，奄有四方，斤斤其明。

钟鼓喤喤，磬筦将将，降福穰穰。

降福简简，威仪反反。既醉既饱，福禄来反。

自强不息周武王，功业伟大世无双。成王康王有明德，天帝欣赏多赞扬。

自从成王和康王，拥有天下治四方，洞察一切最明亮。

钟鼓齐鸣喤喤响，磬莞合奏声铿锵，福禄为你多多降。

福禄大大降下来，言行恭谨又大方。神灵酒醉饭已饱，再降福禄报周王。

[太傅开讲]

战国时，卫国的卫戎侯和卫嗣公都是十分擅长算计的国君，但是却算不上取得民心。

卫成公曾经因为国内政变被驱逐，于是到周王室去请求周襄王为他主持公道。当时的诸侯盟主晋文公讨厌卫成公，于是派人要求周朝王室毒杀卫成公。周朝王室不敢得罪晋国，只好答应了晋国的要求。卫成公探听到这一情况，贿赂周朝王室主持放毒的人，让他放毒药时少放一些，成功地保住了性命。

卫嗣公为了搜刮民财，在各地设立关卡。他又担心关吏执行不严格，于是派人扮成一个经过关卡的客商，这个人在过关时受到关吏检查，于是通过贿赂顺利过关。后来，卫嗣公找来那个关吏说："某月某日，有一个人给了你金钱，你就放他过关了。”

各地的关吏听说这件事儿，都特别害怕，认为卫嗣公明察。

有人批评认为，只有取得民心的国君能使国家安定，搜刮民财的国君只能使国家灭亡。搜刮民财会招来敌国入寇，积蓄钱财最终不过养肥了敌人，这是危害自己灭亡国家的做法，英明的国君不会这么做的。

子产是取得民心的人，但没能达到处理好政事的境地；管仲是善于处理政事的人，但没能达到遵循礼法的境地。所以遵循礼法的国君能成就王业，善于处理政事的国君能使国家强大，英明的国君会修行礼义来治理朝廷，制定法度来治理官员，公平地处理政务来治理人民。这样，百姓就会爱戴他如同爱戴父母一般，敬畏他如同敬畏神明一般。因此国君的恩惠可以广布于天下，福泽归于王侯。

《诗经》里说：“降福简简，威仪反反，既醉既饱，福禄来反。（无边洪福从天降，祭礼隆重又端庄，神灵受祭醉且饱，赐人福禄绵绵长）”

人能克己，方能制人

臣工

嗟嗟臣工，敬尔在公。王厘尔成，来咨来茹。

嗟嗟保介，维莫之春，亦又何求？如何新畬？

于皇来牟，将受厥明。明昭上帝，迄用康年。

命我众人：庤乃钱镈，奄观铚艾。

喂，喂，群臣百官，你们勤谨地从事公务。王赐给你们成法，你们要商量研究调度。

喂，喂，田官，正是暮春时节，还有什么事要筹划？该考虑怎样整治新田畬田了。

啊，多茂盛的麦子，看来将要获得好收成。光明伟大的天帝，终于赐给丰年。

命令我的农人们，准备好你们的锹和锄，我要去视察开镰收割。

［太傅开讲］

楚庄王生病卧床不起，请人来卜卦。占卜者通过卦象判断说：“是千里之外的黄河里的河神降下的灾祸。”

大臣听了，建议说：“请大王派人去用牲畜祭祀黄河神。”

庄王说：“不对！古代圣君举行祭祀，不会超过自己国家边境外的地方，濉水、漳水、长江和汉水，这四条河流才是楚国应该祭祀的。我虽然不如古代圣君那样高尚，但是远在千里之外的黄河的河神，也没什么理由降灾给我。”

于是庄王就没有祭祀黄河的河神，三天后病就好了。

孔子听说了这件事情，说：“楚庄王能称霸天下，是有他的道理的。他节俭克制，守着自己的本分，反省自己的过失，言行一致，他称霸天下是应该的啊！”

《诗经》里说：“嗟嗟保介！”说的就是楚庄王啊。

知治身，则能治国

板（节）

天之方虐，无然谑谑。老夫灌灌，小子蹻蹻。匪我言耄，尔用忧谑。多将熇熇，不可救药。

上天正在肆虐残暴，不要嬉笑瞎胡闹。老夫态度很诚恳，小子神气要骄傲。非我年老话糊涂，你把忧患当玩笑。多行暴政如重病，没法用药来救活。

[太傅开讲]

春秋时，晋平公生了一种奇怪的病，整天萎靡不振。晋国的许多名医都被请来诊治，因为不知平王的病因所在，所以始终治不好。当时，秦国的医和的医术高明，名闻各诸侯国。晋平公于是派人前往秦国向秦景公求助，请医和务必到晋国来给他诊治一次。秦晋公同意了，立即派医和跟随晋国使者一起前去诊治晋平公。

来到晋国，医和为晋平公作了一番望闻切问，然后开好一些养血安神的药，又安慰了平公几句，就告辞出宫。晋国的大臣赵文子正焦急地在宫外等候，看见医和出来，忙问："我们国君的病情如何?"

医和回答说："你们国君的疾病，我无能为力。"

赵文子惊讶地说："为什么?"

医和说："你们国君的病因，既不是鬼神作祟，也不是饮食不调，而是他迷恋酒色，疏远了贤臣，年深日久就失乱了本性，成为一种痼疾。这样的国君，皇天不佑。依我看来，他纵然不会马上去世，晋国也必然会失去盟主的地位。”

赵文子不高兴地责问道：“我和晋国的其他大臣一起辅佐大王，使他当上了各诸侯国的盟主，到现在已有 8 年。现在我国国泰民安，各国诸侯中也没有反叛者，你怎么说皇天不佑呢？”

医和淡淡地说：“有谚语说，高大的树木不生长在危崖之上，常青的松柏不生长在低湿之地。你们身居高官，不能用直言去规劝国君，听任他沉湎于酒色之中。你们贪恋爵禄，不推荐比你们年轻而有才干的人来继任你们的职位，致使你们国君闭耳塞听，一步步滑向无可救药的地步。晋国能够连续 8 年当上盟主，这已经够幸运的了，哪里还能够一直继续下去呢？”

赵文子听了，越发生气地问：“你只是个给人治病的医生，难道还能治好一个国家的弊病吗？”

医和正色道：“上医医国，中医医人，下医医病。”

赵文子又问：“你所说的痼疾究竟是什么原因引起的呢？”

医和见赵文子的语气和缓，解释道：“我来给你打个比喻。五谷本来是供人吃的，它能使人延续生命，但如果吃得太多，无法消化，积久了便会生虫。现在晋君昼夜毫无节制地享乐，怎会不病呢？”

赵文子对他肃然起敬，又问：“依你之见，我们国君还能活多久？”

医和沉吟了一会说：“如果各国诸侯仍奉晋国国君为盟主，他仍和现在一样恣意享乐，他活不过 3 年；如果各国诸侯起了叛心，与他争霸，他专注国政而无暇再荒淫作乐，大约还可活 10 年。”

赵文子吩咐送了一笔礼物给医和，让他回国。就在这一年，赵文子死了，各诸侯国也纷纷背叛了晋国。晋平公忧心忡忡，把大部分精力放在外忧内患上，这样又过了 9 年多一点，果然去世了。

中国古人认为治国与治身是相通的。“知治身，则能治国。”古人认为，国君的疾病有12种，除非遇到贤明的上医，否则无法防治。这些疾病就是痿、蹶、逆、胀、满、支、膈、盲、烦、喘、痹、风。

贤良的上医会怎么防治呢？答案是：减少劳役，减轻刑罚，那么痿病就不会发作；不让人民为饥寒所困，那么蹶病就不会发作；不搜刮天下财富，那么逆病就不会发作；不让仓库里因为囤积粮食而积玉腐烂，那么胀病就不会发作；不让国库里堆满了钱财，那么满病就不会发作；不让大臣们恣意妄为，那么支病就不会发作；不让下面的民情无法传达到朝廷里，那么膈病就不会发作；国君体恤百姓，那么肓病就不会发作；遵照法度来办事，那么烦病就不会发作；不让人民有所抱怨，那么喘病就不会发作；不让有贤德的人隐居不出，那么痹病就不会发作；不要导致人民用歌谣来讽刺时政，那么风病就不会发作。

所以说，大臣和人民是国君的心腹和四肢身体，心腹和四肢身体没有疾病，国君也就没有疾病。一旦国君有了这12种病，又不找贤明的上医来调治，那么他的国家必然会国将不国。

《诗经》里说：“多将熇熇，不可救药。”

包容乃安天下

绵

牧野洋洋，檀车煌煌，驷騵彭彭。维师尚父，时维鹰扬。凉彼武王，肆伐大商，会朝清明。

广阔牧野做战场，檀木兵车亮堂堂，四马威武又雄壮。三军统帅姜尚父，好像雄鹰在飞翔，协助武王带军队，指挥三军击殷商，一朝开创新气象。

武

于皇武王！无竞维烈。允文文王，克开厥后。嗣武受之，胜殷遏刘，耆定尔功。

多么伟大周武王，丰功伟业世无双。文德显著周文王，后人基业他开创。武王继成受天命，制止杀戮胜殷商，终成大功美名扬。

［太傅开讲］

周武王讨伐纣王，到了邢丘这个地方，车上栏杆的横木折断为三截，天上下雨，三天都没有停。周武王心里恐惧，召见太公问道："这事情所代表的意思，是不是不能讨伐纣王？"

太公回答说："不是的，栏杆的横木折断为三截，意思是说我们的军队应该分成三部分。天上下雨，三天都没停，这是上苍要把我们的兵器都洗干净，好让我们去冲锋陷阵啊。"

武王说："我们战胜了敌人以后怎么办呢？"

太公说："如果喜爱一个人，就连他屋顶上的乌鸦都一起喜爱；讨厌一个人，连他家的篱笆都一起憎恨。我们战胜以后，要杀尽每一个敌人，不要留下他们。"

武王说："啊！这不是能让天下安定的权宜之计啊！"

周公走上前说："国政有了过失，责任都在国君一人。我们战胜以后，就让敌国的人民各自回到家中，耕种自己的田地，无论对新归附的人还是以前归附的人，都要亲近其中有仁德的。"

武王说："啊！这才是让天下安定的方法啊！"

于是，他下令在宁这个地方修理器械，整顿军队，把邢丘改名叫怀，把宁改名叫修武，在牧野打败了纣王。

《诗经》里说："牧野洋洋，檀车皇皇，驷騵彭彭。维师尚父，时维鹰扬。凉彼武王，肆伐大商，会朝清明。"

等到打败了商纣，武王还没来得及从战车上走下来，就册封黄帝的后人治理蓟地，册封帝尧的后人治理祝地，册封舜的后人治理陈地。等到从战车上下来之后，他又下令册封夏后氏的后人治理杞地，册封殷朝的后人治理宋地，修缮了比干的坟墓，把箕子从牢里释放了出来，表彰了商容的忠贤。他率军渡过黄河来到陕西，把战马都散放在了华山朝南面的平原上，表示以后不再骑乘；把牛都散放在了桃林外的平原上，表示以后不再驾驭；把战车盔甲涂上牲口的血后收藏在国库里，表示不再用。

他解散了军队，在郊外举行射礼，在左边举行射礼时唱《狸首》，在右边举行射礼时唱《驺虞》（逸诗篇名，上古行射礼时，诸侯歌《狸首》为发矢的节度，天子歌《驺虞》为发矢的节度），天下的人民就都知道武王不再发动战争的意愿了。在明亮的祠堂里举行祭祀，人民都知道要孝顺长亲，在朝廷上觐见诸侯，诸侯就知道要敬畏天子，请德高望重的老人坐在太学的堂上，天子亲自拿着酱料向老人进奉食物，端着酒杯敬酒，教导诸侯怎么尊敬长上。这四样，是天下最重要的教化之理。所以武王统治的时间很长，不是应该的吗？

《诗经》里说："胜殷遏刘，耆定尔功。（战胜殷商阻暴政，巩固政权业辉煌）"说的就是武王讨伐纣王而殷朝灭亡的事情。

有来学无往教

敬之

敬之敬之，天维显思。命不易哉，无曰高高在上。陟降厥士，日监在兹。维予小子，不聪敬止。日就月将，学有缉熙于光明。佛时仔肩，示我显德行。

小心谨慎莫忘记，上天监察最明显。保持天命真困难，莫说高高在上面。事物由它定升降，每日监视这下边。想我这个年轻人，敢不听从不恭敬？日有成就月有进，学问积渐向光明，群臣辅我担大任，示我治国好德行。

[太傅开讲]

闵子名损，字子骞，春秋时鲁国人。他名列孔门七十二贤之中，德与颜渊齐名。《论语》记载，孔子曾五次表彰子骞的孝行。

闵子后来讲学，对学生的要求极为严格。齐国贵族孟尝君希望向闵子学习，于是派人驾着车子前去迎接闵先生。

闵子说："按照礼节，只有学生前来向老师学习，没有老师到学生那里去教导的。无论什么身份的人，召老师前来再向他请教和学习，这样的态度是没办法学好的。因此，要我到你那儿去教导，就没法子把你教好。你正是一般人所说的不善于求学的人，而我正是一般人所说的不善于教导的人。"

使者空车返回，报告了孟尝君。孟尝君听了羞愧地说："我一定谨记闵先生的教诲。"

原来，古代素来讲究"有来学无往教"的礼规，为了对老师表示尊重，连天子都不能召老师来到自己宫中教课，更何况连诸侯都不是的孟尝君呢？

第二天，孟尝君亲自到闵子家里，十分恭敬地提起衣服的前裳拜见闵子，恳切地请教。闵子这才向他传授。

《诗经》里说："日就月将。(每天都有成就，每月都有进步)"

过而改之显其德

[太傅开讲]

宋国遭遇洪灾，处于上游的鲁国国君派使者前来慰问说："天上的大雨下个不停，洪水灾害很深重，连累到下游的你们，影响了你们的生活，国君派我来慰问。"

宋国国君说："发生这样的灾害，主要是因为我不仁德，以前没有做好斋戒和祭祀，役用民力没有避开农时，违背了时节。这是上天给我的惩罚，又使你们国君为我担忧，我真是太惭愧了！"

孔子听说这件事情以后说："宋国国君做得好，已经接近大道了。"

弟子问："为什么这么说呢？"

孔子说："以前桀纣从不承认和改正自己的错误，结果很快就灭亡了。成汤和文王时刻检讨自己的不足加以改正，国家就兴旺发达了。错了能改，就不算过错了。"

宋国的国君听了孔子的评论之后，早起晚睡，吊死问疾，非常努力地改善民生。三年以后，年景丰收，政治平和。

假如宋国国君没有听到孔子的话，即便认识到错误，也不会想到像成汤和文王那样去改正，粮食也不会丰收，国家恐怕也不会这么快安定下来。

《诗经》上说："佛时仔肩，示我显德行。(辅佐我完成责任，指示我进德大道)"(出自《敬之》)

海纳百川，有容乃大

丝　衣

丝衣其紑，载弁俅俅。自堂徂基，自羊徂牛，鼐鼎及鼒，兕觥其觩。旨酒思柔。不吴不敖，胡考之休。

丝衣洁净又鲜明，头戴皮帽很端正。自从堂上道门坎，献上羊牛做牺牲，还有大鼎和小鼎。兕角杯儿弯弯形，斟满美酒柔又清。不敢喧哗不傲慢，降我长寿多吉庆。

［太傅开讲］

齐桓公布置宽阔的庭院，并且点上火炬，以方便接见来见他的贤士。整整一年却没有一位贤士前来。这时，都城东郊有一个会“九九”算术的乡下人求见桓公。桓公听了觉得很可笑，就派人奚落那个乡下人说：“‘九九’有足够的资格求见国君吗?”

那乡下人并不气馁，而是不卑不亢地回答说：“我听说国君布置有火炬的大院期待贤士来访，一整年都没有人来。四方的贤士之所以不来，是因为他们认为国王您是天下贤德的国君，他们的见解不如您，所以不敢冒失前往。‘九九’算术是小本领，这种微不足道的本领也能受到您的礼遇，那些掌握比‘九九’算术更深奥学问的人，一定能得到您的更多关爱。泰山不嫌弃土壤和沙石，江海不拒绝细小的溪流，因此能成就它们的宏大。《诗经》上说：‘先民有言，询于刍荛。(古时候的人曾经说，哪怕是樵夫这种身份低微的人，都有值得请教的地方)’说的是广泛地求教啊。”

桓公说："说得好！"于是很隆重地接见了这位乡下人，待他如上宾。消息传扬出去，不到一个月，四方的学者能士就互相引介而来。

《诗经》里说："自堂徂基，自羊徂牛。"说的就是以小成大的意思。

无私方能成其私

駉（节）

駉駉牡马，在坰之野。薄言駉者，有骃有騢，有驔有鱼，以车祛祛。思无邪，思马斯徂。

公马肥壮强有劲，郊野放牧远离城。要问良马有几种：红白騢马灰白骃，驔呀鱼呀也有名，驾起车来脚步轻。深谋远虑无邪念，但望马儿能疾行。

［**太傅开讲**］

公仪休是春秋时期鲁国的博士，由于才学优异做了鲁国丞相。他遵奉法度和原则行事，规定鲁国一切官吏不得经营产业。因为他认为做官的人在大的方面已经得到利益了，民众力农、务工、做生意，是取得一些小利，官吏不应再与民争利。一次，他吃了自己后园中种的冬葵菜觉得鲜美，第二天就让人把冬葵都拔下来扔掉了。家人奇怪，他说："难道我身为丞相，能让在附近种菜的农民无处去卖菜吗？"

公仪休特别喜欢吃鱼，担任丞相以后，国人听说他的这个嗜好，纷纷上门来送鱼，却都被公仪休拒绝了。公仪休的弟弟对此很不理解，问："你喜欢吃鱼，为什么别人好心送鱼来却不收呢？"

公仪休说："你不明白其中的道理。正因为我喜欢吃鱼，所以才不收啊。如果我经常收别人献的鱼，那就要落个受贿的名声，如果因此连丞相的官位也丢掉，到那时，想要自己买鱼吃都做不到了。现在我不收别人贿赂的鱼，倒还可以安稳地做丞相，长年都可以自己买鱼吃。”

这就是明白了如何为自己长远考虑的人。所以老子说：“不强出头反而可以赢得先机，置身度外却往往能保全性命，这不正是因为他的无私吗？反而成就了他为自己考虑的“大私”。

《诗经》里说：“思无邪。”说的就是这个意思。

不教而诛谓之虐

节南山（节）

尹氏大师，维周之氐；秉国之钧，四方是维。天子是毗，俾民不迷。不吊昊天，不宜空我师。

你们史尹和太师二人，原该是咱周室的柱石。掌握了国枢的钧轮，四方诸侯靠你们维系，大周天子靠你们辅佐，也使人民踏实心不迷。老天爷实在太不良善，不该断绝人民的生机。

大东（节）

有饛簋飧，有捄棘匕。周道如砥，其直如矢。君子所履，小人所视。眷言顾之，潸焉出涕。

饭盒儿装得满满，饭匙儿长柄弯弯。周朝正道像磨石般平坦，像射出去的箭一样直。贵人们来来往往，小百姓全都看得见。回转头看了再看，忍不住双泪涟涟。

泮水（节）

思乐泮水，薄采其藻。鲁侯戾止，其马蹻蹻。其马蹻蹻，其音昭昭。载色载笑，匪怒伊教。

游乐泮水兴致高，我在水中采水藻。鲁侯大驾已来到，马儿强健气势豪。马儿强健气势豪，随行人多声音高。鲁侯和颜面带笑，不发怒气耐心教。

［太傅开讲］

鲁国有父子二人发生纠纷，结果儿子把父亲告到了官府。季康子认为这是大逆不道，想要杀了这个儿子。孔子制止说："不能杀啊，百姓已经长时间不知道父子间打官司是不义了，这是执政者失道。如果执政者依照正道教导他们，这种人自然就不会有了。"

打官司的儿子听到孔子这番话以后，主动请求撤回诉讼。季康子说："我们一向主张用孝道治理人民，现在我杀掉一个不守孝道的人，使得不孝顺的人都感到羞耻，不可以吗?"

孔子说："不可以。不教化人民让他们明白道义，等犯罪了就判决他的罪，这等于杀无辜的人；全军都打了大败仗，并非士兵的问题，不可以诛杀他们。裁决诉讼不恰当，不可以把他们处刑。执政者用来教化人民的道义，需要自己率先遵守，那么人民就会很快地跟随去做。如果有人仍然坚持邪道不附从的，再刑罚他们，那么人民就知道自己的罪过了。八尺高的墙，人们不能爬过去，八百尺的高山，就是小孩子也能爬上去游览，这是由于山势平缓的原因。现在仁义衰微很久了，能够让人民不逾越吗?《诗经》上说：'俾民不迷。'过去的执政者教导百姓不使他们困惑，因此不用威慑，也不用刑罚。所以执政者宣导仁义，谨慎教化人民，使人民眼睛能够明白看见，耳朵能清晰听到，内心能透彻了解，这样正道就不会迷乱，而且人民心智不迷惑了。《诗经》上说：'示我显德行。'如果道义不容易实行，人民就不遵从；礼乐不显著，人民就看不见。《诗经》上说：'周道如砥，其直如矢。'这就是说容易实行的意思。又说：'君子所履，小人所视。'就是说很明显的意思。《诗经》上又说：'睠言顾之，潸焉出涕。'就是哀悼百姓没有接受礼乐的教化而被刑罚诛杀的意思，忽略了根本的教化，施行刑罚，就好像打开牢狱，用毒箭射杀人民一样，岂不是很悲哀的事吗？所以说不可以诛杀他们。从前古代圣明的帝王用礼教治理人民，好像驾驭马一般，礼如同咎衔，刑罚如同马鞭，现在有人驾驭马，没有咎衔而用马鞭，想要马前进，就鞭打马后面，想要马后退就鞭打马前面，这样驭马的人既辛劳，而马也受了很多伤。现在执政者治理人民就好像这样，执政者劳苦，而人民多遭受刑罚。《诗经》上说：‘人而无礼，胡不遄死！’居上层的执政者不懂得礼，就难免留下隐患，在下面的老百姓不懂得礼，就难免会遭受刑罚。如果上下都不懂得礼，那真是不可救药了。”

季康子离开座位站起来，一再地向孔子作揖说：“我虽然不了解事理，愿意按你所说的这番话去做。”

孔子离开朝廷回去，子路责难他说：“儿子和父亲打官司，这符合于正道吗？”

孔子回答说：“不是的。”

子路说：“那么您为什么替执政者建议赦免他呢？”

孔子说：“不加申诫而要求成功，这是伤害；施行措施怠慢，而限期要求人民完成，这是虐待人民；不加以教育便行杀戮，这是残杀人民。有德行的人从政，避免做这三种事情。”

《诗经》上说：“载色载笑，匪怒伊教。”

子贡论暴治

［太傅开讲］

季孙氏是鲁国的卿家贵族。作为三桓之首，季孙氏掌握鲁国实权，在执掌朝政期间杀了很多人。尽管从法律的角度来看，季孙的做法是罚当其过，刑当其罪，没有什么可挑剔的地方，但是孔子的弟子子贡仍然直言不讳地批评说："季孙治理的方法真是暴政啊！"

季孙听到这个评论后，就前去问子贡："我虽然杀人，但一定是刑当其罪，我处罚人，一定是罚当其过。先生您却认为我这是暴政，不知道这是为什么呢？"

子贡对这个问题显然经过思考，胸有成竹地回答说："您为什么不像子产治理郑国那样呢？一年的时间受到刑罚的人就减少了，两年后就没有人触犯刑罚了，三年后监狱里就没有犯人了。所以人民归服于他，就像水往下流一样自然，爱戴他，就像子女尊敬父母一样。子产得了重病，将要去世的时候，郑国的人民都叹气地说：'谁可以代替子产死呢？'等到子产终于免不了去世后，士大夫在朝廷上大哭，商人在集市上大哭，农民在田野里大哭。人们为子产去世而哭泣，就好像自己的父母去世一样。而我听说您生病时，全国的人民都高兴，您治好了，全国的人民都感到恐惧。把您去世当作喜事，把您活着当作恐怖的事情，这不是因为您残暴的原因吗？我听说：凭借严刑峻法去治理国家，叫做暴政；不事先告诫人民就限期让他们完成任务，叫做虐待；不教导人民而等他们犯了罪就杀，叫做残忍；自己总是想胜过别人，叫做强求。强求自己的人会品行失当，残忍的人会失去大臣，虐待别人的人会失去政权，施行暴政的人会失去人民的支持。我听说，作为执政的人做了这四点而不灭亡的，从来都没有过。”

季孙向子贡行礼道谢说：“我一定谨记您的教导。”

《诗经》里说：“载色载笑，匪怒伊教。”（出自《泮水》）

智者如水，知进知止

泮水（节）

思乐泮水，薄采其茆。鲁侯戾止，在泮饮酒。既饮旨酒，永锡难老。顺彼长道，屈此群丑。

游乐泮水久停留，采摘莼菜忙不休。鲁侯大驾已光临，泮宫里面饮美酒。美酒已经举杯饮，祝君长生不老寿。顺着大道向前走，收服丑类不用愁。

［太傅开讲］

有人问智者："为什么聪明的人喜欢水呢？"

智者回答说："水，它顺着地势的纹理流淌，不会遗漏一个小缝隙，就像是一个有智慧的人；它一直有条不紊地往下流，就像是一个谦逊有礼的人；它奔涌到深渊边也毫不犹豫流下去，就好像是一个勇敢的人；它被阻拦在一个地方后就变得清澈，就好像是一个知道天命的人；它经历了险阻，长途跋涉直到成功，就像是一个有操守的人。天地因它而形成，所有的物种因它而生长，国家因它而安定，所有的事情以因它而平静，很多东西因它而端正。这就是聪明的人喜欢水的原因。"

《诗经》里说："思乐泮水，薄采其茆。鲁侯戾止，在泮饮酒。"这说的就是喜欢水的意思。

仁者如山，安定包容

閟宫（节）

泰山岩岩，鲁邦所詹。奄有龟蒙，遂荒大东。

至于海邦，淮夷来同。莫不率从，鲁侯之功。

泰山高峻接苍穹，鲁人对它最崇敬。拥有龟山和蒙山，疆土直到东方极边。

延伸已接海畔附庸，淮夷都来盟会谒见。无不相率服从，这是鲁侯功业所建。

[太傅开讲]

有人问仁者："为什么有仁德的人都喜欢山呢？"

仁者回答说："山，天下的人民都尊敬地仰望它。山上生长着花草树木，万物都在这儿繁殖生息，飞鸟都在这儿聚集，走兽都在这儿休息，四方的人民都到这儿来获取物资。它吐出云雾，吹出山风，耸立在天地之间。天地因它而形成，国家因它而安定。这就是有仁德的人都喜欢山的原因。"

《诗经》里说："泰山岩岩，鲁邦所瞻。"这说的就是喜欢山的意思。

晋文公之行赏观

长发（节）

玄王桓拨，受小国是达，受大国是达。

率履不越，遂视既发。相士烈烈，海外有截。

始祖玄王真英明，受理小国能行令，受理大国也都成。

遵守礼法不过分，遍察教令尽施行。相土治国有威严，四海威服很齐整。

［太傅开讲］

晋文公重耳一度流亡出国多年，后来在秦穆公的支持下回到晋国，杀掉晋怀公而成为国君。随后，他3次赏赐了那些跟随他流亡的人，但都没有轮到陶叔狐。

陶叔狐找到晋文公的舅舅咎犯，不满地说：“我跟着主公流亡，到现在有11年了，脸上晒得黧黑，手掌和脚底上都长了老茧。现在回到了故国，他3次赏赐随从的大臣，却都没有赏赐我，是不是国君把我忘了？还是我有过大的过失？请您替我问问国君吧！”

咎犯就替他询问了晋文公。文公说：“啊！我怎么会忘记他呢？凡是智慧过人的贤士，志向和行为都有成就。对于那些在流亡途中用道义感化我、用仁德教导我，改变了我的恶习，端正了我的操行，让我最终成就功业的人，我要给他最好的赏赐；对于那些用礼节来约束我，用仁义来制止我犯错，帮助我避免做坏事的人，我要给他次一级的赏赐；对于那些勇敢刚猛、武艺高强，前面有危难就挡在前面，后面有危难就挡在后面，保护我不会处于危险中，我将给他再次一级的赏赐；对于那些一路驾马推车付出劳动的人，我给了他们再次一级的赏赐。《诗经》里说：‘率履不越，遂视既发。’现在陶叔狐不反省自己的过失，虽然一路跟随我流亡，但是并没有对我有什么益处，要我拿什么赏赐他呢？”

持满之道，抑而损之

长发（节）

帝命不违，至于汤齐。汤降不迟，圣敬日跻。

昭假迟迟，上帝是只，帝命式于九围。

先祖听从天帝意旨，到戎汤时最合天心。成汤降生适逢其时，明哲圣德日益增进。

久久不息祷告神明，敬奉天帝一片至诚，天帝命他九州执政。

［太傅开讲］

孔子在周朝的宗庙参观，看到一个倾斜的器具。孔子问守庙的人说：“这是什么东西呢？”

守庙的人回答说：“这是宥座。”

孔子说：“我听说宥座盛满水就会倾覆，空了就斜着，水装到一半就端正了，是这样的吗？”

守庙人回答：“是的。”

孔子让子路取水来试，果然水满便倾覆，空了就斜着，装到一半时就端正了。孔子长叹道：“呜呼！这世上又哪里会有溢满而不倾覆的东西呢？”

子路说：“请问有办法保持不倾覆吗？”

孔子说：“保持不倾覆的方法，就是谦逊地减损自己。”

子路问：“那怎么减损法呢？”

孔子说：“道德高尚的人，用恭敬的态度来坚持他们的德行；土地多的人，用勤俭来守护他们的产业；官职尊贵的人，用谦卑来守护他们的职位；拥有众多国民和强大军队的国君，用敬畏来守护他们的国家；聪明睿智的人，用愚笨来守护自己的智慧；博学广识、记忆力强的人，用浅薄来守护自己的学问。这就是所说的谦逊减损自己的方法。”

《诗经》里说：“汤降不迟，圣敬日跻。（商汤待人很谦逊，上天知他具明德）”

周公一饭三吐哺

［太傅开讲］

周武王建立了周王朝以后，过了两年就生病去世了。他的儿子姬诵继承王位，这就是周成王。那时候，成王才 13 岁，而且刚建立的周王朝还不大稳固。于是由武王的弟弟周公旦辅助成王掌管国家大事，实际上是代理天子的职权。

在代理国君的 7 年中，周公用对待老师的礼节向隐居在百姓中的 10 位贤良的人才请教，用对待朋友的礼节结交的有 12 人，以对待贤人的礼节拜访了 49 位住在简陋的房屋里的人，经常向他提好意见的有上百人，教导他的有上千人，去宫殿里朝见他的有上万人。

周公一再叮嘱长子伯禽要谨慎从事，礼遇才智之士。周公说："我是文王的儿子、武王的弟弟、当今成王的叔父，在天下也算是不轻不贱的人了。然而，我洗一次澡，要三次握着湿头发出来，吃一顿饭要三次吐掉嘴中的食物以接待贤士的来访。即使是这样，我还怕失掉天下的贤人，你到鲁国去千万不可因为自己是国君而骄傲待人。《易经》里说：'谦逊就会通达，品德高尚的君子能够坚持到最后，就会吉利。'《诗经》里说：'汤降不迟，圣敬日跻。'（出自《长发》）这都是告诫这个道理的啊！你不要因为自己是鲁国的国君就对士人骄傲无礼。"

伯禽临行时又问周公，请问如何治鲁，采用什么方法有效。周公回答说，务在利民，而不要以利民者自居。周公对鲁公伯禽寄予厚望，希望他能担负起为王室镇守东方的重任。

言要则智，行要则仁

[太傅开讲]

子路穿戴华丽去拜见孔子。孔子见了以后，批评他说："仲由！如此盛装是为了什么？想那长江发源于岷山，当它刚流出时，水流浅小只能浮起酒杯；但当它流到入海口时，如果不是两船并行，不躲避风浪就不能渡过，难道是因为到了下游以后水就自然多起来了吗？不是的，是因为它一路上汇入了别的支流。现在你穿得如此华丽，五颜六色几乎都齐备了，天下的人还有谁肯帮助规劝你呢？你又如何能再吸收别人的优点和长处呢？仲由！"

子路听后快步退出，换了平时穿的衣服进来，十分恭敬地再次行礼。孔子说："你要记住！只知道说而不会做的人浮华，只知做事却不接受建议的人爱自夸，从脸上神色就能看出他有多少才能的人是小人。因此君子知道就说知道，不知道就说不知道，言语务必简要；能做的就说能，不能就说不能，该做的就认真做。言语简要就是明智，认真做事就是仁德，既智且仁，怎么会有缺欠的地方呢？"

《诗经》里说："汤降不迟，圣敬日跻。"（出自《长发》）

圣贤之风格

长发（节）

受小球大球，为下国缀旒，何天之休。不竞不絿，不刚不柔。敷政优优，百禄是遒。

接受宝玉小球大球，作为诸侯方国表率，承受上天所降福佑。既不争竞也不急求，既不太刚也不太柔。施政温和而且宽厚，千百福禄归王所有。

[太傅开讲]

商朝末年，伯夷、叔齐是孤竹国国君的长子和三子。孤竹国国君在世时，因为叔齐贤能，想立他为王位继承人。国君去世后，叔齐要把王位让给长兄伯夷。伯夷说："你当国君是父亲的遗命，怎么可以随便改动呢?"于是伯夷逃走了。叔齐仍然不肯当国君，也逃走了。大臣们只好推孤竹国君的二子继承了王位。

伯夷和叔齐眼睛不看不好的事物，耳朵不听不正经的声音；不去归附不理想的君主，也不去管理不理想的人民。他们认为和没有教养的人相处，就像穿着礼服却坐在泥炭中一样。他们的事迹会让贪婪者变得廉洁，让懦弱者为理想而奋斗。

但是柳下惠却不是这样，他并不以服务于昏庸国君为耻，也不因为官小而隐退，做官时不隐藏才能，不被重用也不怨恨，和没有教养的人相处也很高兴自在！所以，柳下惠的事迹能让心胸狭窄者变得开阔起来，让刻薄的人变得厚道起来。而孔子离开鲁国，该走时就走，该停下时就停下，因为这是离开祖国的路啊。

所以说，伯夷是圣人里最清高的，柳下惠是圣人里最随和的，孔子是圣人中最中正的。《诗经》说："不竞不絿，不刚不柔。"这说的就是中和通达的意思。

荀子论兵

长发（节）

武王载旆，有虔秉钺。如火烈烈，则莫我敢曷。苞有三蘖，莫遂莫达。九有有截，韦顾既伐，昆吾夏桀。

武王兴师扬旗亲征，威风凛凛手持斧钺。进军如同熊熊火焰，没有敌人敢于阻截。一棵树干生三树杈，不能再长其他枝叶。天下九州归于一统，首先讨伐韦国顾国，再去灭掉昆吾夏桀。

［太傅开讲］

孙卿（即战国儒学大师荀况）和临武君在赵孝成王面前讨论军事问题。孝成王问他们："作为将帅，请问用兵时最关键的是什么？"

临武君说："将帅用兵最关键的，上能得天时，下能占据地利，在敌人采取行动之后行动，却能在敌人到达之前到达，这是用兵的关键。"

孙卿摇头说："我不这样认为。将帅用兵的关键是得到士兵和人民的爱戴服从。如果驾车的六匹马不能协调步骤，那么就算是造父来驾车也跑不远；弓和箭不修整好，那么就算是后羿来射也不能精确命中目标；士兵和人民不爱戴服从将帅，那么就算是商汤和武王来用兵也不能战胜敌人。从这几点来看，用兵的关键在于让士兵和人民都爱戴顺从自己。"

临武君反驳说："不对。用兵的方法，要随机应变，所应该重视的是计谋策略，善用计策的人就好像奔跑的兔子一样迅捷，让敌人找不到规律。以前孙武和吴起用这种方法，纵横天下没有人能抵挡。从这几点来看，哪用得着等待士兵和人民爱戴归服再用兵呢？”

孙卿说：“您所说的方法，是诸侯用兵的方法，是出谋划策的大臣做的事情，我所说的方法是有仁德的人所用的方法，也是英明的国君所做的事情。凡是可以被欺骗的人，一定是对忽视仁义的人，国君和大臣之间一定有人做了不道德的事。就好比柳下跖如果用计谋欺夏桀，可能会有精妙和笨拙之分。但如果夏桀用计谋去欺诈唐尧，就好像用手指去搅滚烫的热水，用鸡蛋去撞石头一样，抱着羽毛跳进火堆里一样，一进去就被烧焦了，这怎么可能成功呢？”

临武君听了，无话可说。孙卿接着分析道：“况且施行暴政的国家，谁会从军出来作战呢？假设一支军队来讨伐我，而从军出来的是被国君欺诈的百姓，那些人民爱戴我，就像喜欢椒兰的芬芳一样，对我就好像对自己的父母一样。他们再回头看看他们的国君，就像看到蝎子毒蜂一样由衷憎恶，就算是夏桀和柳下跖这样的人，也一定不肯为了所憎恶的人去伤害所爱戴的人？这就好像让人去伤害父母一样，士兵还没开打就发现这是错误的，又怎么可以欺诈成功呢？而有仁德的人用兵，把百姓聚在一起就成为军队，排成队列上阵，就像莫邪宝剑锋利的剑刃一样，所到之处都会被斩断；他们排成锐角阵形冲锋，就像莫邪宝剑的锋芒一样，有所阻挡都会击溃；他们排成圆阵，就像高山丘陵一样不会分散；他们排成方阵，就像巨大磐石一样不能撼动。《诗经》里说：‘武王载旆，有虔秉钺；如火烈烈，则莫我敢曷。’这说的就是汤武王的军队。”

孝成王听了离开坐席，十分尊敬地抬起头对孙卿说：“我虽然不聪明，但也会遵照先生的办法用兵。”

卷四

谏者不惧死

巧言（节）

悠悠昊天，曰父母且。无罪无辜，乱如此幠。昊天已威，予慎无罪。昊天太幠，予慎无辜。

高高远远那苍天，如同人之父与母。没有罪也没有过，竟遇大祸难免除。苍天已经大发威，但我确实没错处。苍天不察太疏忽，但我确实是无辜。

[太傅开讲]

夏朝的桀王很喜欢喝酒，造了个很大的酒池，酒池之大，可以在里面行船运舟。酿酒的酒糟堆成了山丘，可以延伸到十里开外的地方，常有几千臣民一起在酒池狂饮。

关龙逢向桀王进谏说："古时的国君以身作则，奉行礼义，爱护百姓，生活节俭有度，爱惜财物，所以国君健康长寿，国家安定。现在大王挥霍无度，就好像钱永远花不完，杀起人来，唯恐杀不完一样。大王要是再不改变这些做法，只怕天降大祸的时候不远了，命也难保啊！臣万请大王改过吧！"

退朝后，关龙逢站在朝堂上不肯走。桀王将他下了监牢，后来就把他杀了。君子们听说了这件事后都感叹说："这就是天命吧！"

到了商朝末年，类似的悲剧又再次上演，这一次的主角换成了著名忠臣比干。

纣王晚期横征暴敛，荒淫无道，导致民怨沸腾，诸侯叛离，整个王朝处于岌岌可危的状态。纣王的庶兄微子屡次劝谏纣王，可纣王根本不理，微子一怒之下离开商王朝。纣王叔父箕子在屡次劝谏不被采纳的情况下，佯狂为奴。

后来，纣王又变本加厉，发明了炮烙这种酷刑对待臣民。比干出身于王室，是商纣王的叔叔，他对人说："君主暴虐，不去谏阻就算不上忠臣；怕死不敢谏阻，算不上勇敢。看到君主有过失，就进谏，君主不采纳的，就以死明志，这才是最大的忠诚。"

于是，他就前去进谏，在朝堂上待了三天不肯离去，要求纣王改过自新，施行德政。纣王将他下了监牢，又说："我听说圣人都有一颗七窍玲珑心，真的有这回事吗？"于是，比干被剖心而死。

《诗经》上说："昊天太幠，予慎无辜！"

论臣民之忠

巧言（节）

君子屡盟，乱是用长。君子信盗，乱是用暴。盗言孔甘，乱是用餤。匪其止共，惟王之邛。

君子屡次立新盟，祸乱因此便增长。君子相信那盗贼，祸乱因此势暴狂。盗贼谗人话甜蜜，祸乱因此得滋养。谗人哪能尽职守，只能为王酿灾殃。

[太傅开讲]

周厉王残暴无道，都城镐京的一些贵族和平民纷纷在公开场合批评朝政。厉王于是派人监视这些人，甚至对这些人或捕或杀。之后一时再无人敢批评朝政。这时，贵族大臣邵穆公劝谏厉王："您这只不过是在用堵百姓口的办法罢了。不过您要知道'防民之口，甚于防川'的道理啊！治水的人应该疏通河道，使水畅流无阻；统治者应该引导他们，使他们畅所欲言。"

周厉王不听。结果，不能再忍受的国人发动起义，厉王逃奔到彘（今山西霍县）。太子姬靖藏躲在邵穆公家里也被包围，邵穆公只好把自己小儿子冒充太子交给国人。最后由邵穆公、周公两人共同管理朝政，号"共和行政"。周厉王在彘地病逝，召穆公交出太子姬靖，并拥立其继位为王，即西周历史上著名的周宣王。

每个人都要对国家和社会负责，根据不同的表现可以分为三等，一者大忠，二者次忠，三者为下忠。最后还有根本没有任何忠心的国贼奸臣。一个大臣以正道潜移默化地熏陶国君的为人处世，使其向好的一面发展，这是大忠；以美德仁义慢慢改变国君，辅佐他治理好国家社会，这是次忠；只会在国君有过错的时候劝谏，埋怨他不该这样不该那样，而招致国君的怨恨，反而可能会更加残暴。（这是没有未雨绸缪的远见的人所为，不可取呀）这是下忠；不顾道义、社稷、百姓，为了保住自己的官位俸禄，而苟且投合国君，这种人只是为了混口饭吃，就是国贼。

像西周的周公事于成王，是大忠的典范；管仲事奉齐桓公，可谓是次忠的案例；伍子胥事奉夫差，可谓是下忠的样板；商朝曹触龙这样的奸臣，对纣王谄媚迎合，真是贼臣佞子，是国家的祸害啊！同样是做臣子的，有的会让国家社稷更加安定繁荣，百姓安居乐业，政治昌明，有的却让国家走向衰败灭亡，可见官员品性对于国家发展有很大的影响啊。

《诗经》上说："匪其止共，惟王之邛。"

用人如调弓驯马

［太傅开讲］

公元前 484 年，孔子结束了 14 年周游列国的岁月，应季康子之召回到了鲁国。此时，鲁国的国君就是鲁哀公，他得知大名鼎鼎的孔子回国，赶紧向其咨询国政。

鲁哀公问怎样选拔人才。孔子开门见山地说："不要选骄傲的人，不要选花言巧语的人，不要选搬弄是非的人；骄傲的人容易放纵蛮横，花言巧语的人专说上级喜欢听的话，搬弄是非的人会颠倒黑白。"

鲁哀公点头，孔子接着打了个比喻说："弓箭先要调校好，射出的箭只才会有力量和准头；马匹先要驯服好，才会成为听从指挥的好马；有才能的人先要诚实恭谨，才能让他学习更好的才学。我上面所说的几类人都属于无德者，一个人如果有才而无德，狡黠多知，那就会像豺狼一样，不能接近啊！《周书》上说："给老虎加上翅膀。"有才无德的人如果被予以大权，那就好像给凶残的老虎插上翅膀一样。太危险了！

《诗经》上说："匪其止共，惟王之邛。"（出自《巧言》）说的就是不在自己的职位上忠于职守，导致国君受累。

察言观色即可知人

巧言（节）

奕奕寝庙，君子作之。秩秩大猷，圣人莫之。他人有心，予忖度之。跃跃毚兔，遇犬获之。

巍然宫室与宗庙，君子将它来建起。典章制度有条理，圣人将它来订立。人家心里想什么，我能够揣度出来。就像蹦跳的狡兔，遇上猎狗被活捉。

［太傅开讲］

春秋时代多战事。一次，齐桓公跟宰相管仲站在高台之上，商量发兵讨伐莒国。

莒国范围相当于今天山东安丘、诸城、沂水、日照、莒县一带，都城在今山东莒县。可是不等齐桓公行动，齐国要讨伐莒国的消息已经传遍全国。莒国闻讯，很快做好了迎战齐国的准备。

齐桓公很郁闷，找来管仲聊起此事，说：“我跟管仲先生商量讨伐莒国的事情，商量的计划还没有开始实施，消息就已经传遍全国。真是不可思议，我从来没有给别人提起过这件事情，不是先生您不小心泄密的吧？”

管仲想了想回答道：“不是我泄密的，但是这事确实很蹊跷，看来在我们的周围一定有高人。东郭牙先生现在在哪儿？”

桓公看看左右的人说：“就在这儿。”

管仲说：“东郭先生您有什么话要说吗？”

东郭牙说："是的。"

管仲问："您是怎么知道这事的？"

东郭牙说："我那天远远看到您和国君在高台上商议，我从大王的表现上察言观色，然后推测出这件事。一般来说，大人物在不同的场合下都经常会有三种表情。"

管仲问："哪三种表情？"

东郭牙答："欢欣喜悦，是举行庆典的表情；憔悴愁苦，是丧葬祭祀的表情；威猛严肃，是出兵打仗的表情。那天大王的表情正好是第三种，我凭这一点就猜到齐国要出兵讨伐别国了。"

管仲又问："那您又怎么知道是出兵莒国呢？"

东郭牙回答说："大王一边说，一边用手指向莒国所在的东南方向，吐字时嘴巴张开，所以我知道是要攻打莒国。"

桓公说："说得好。《诗经》上说：'他人有心，予忖度之。'"

东郭先生说："眼睛是心灵的窗户，言语是行动的先导。所以聪明人要想了解某个人，用不着问他就能知晓，看看他的穿着打扮，言行举止，观察他的气色表情和态度志向，琢磨他缺少什么，需要什么，这个人的情况就全知道了。"

不使他人为己失礼

小明（节）

嗟尔君子，无恒安处。靖共尔位，正直是与。神之听之，式谷以女。

嗟尔君子，无恒安息。靖共尔位，好是正直。神之听之，介尔景福。

长叹你们这些君子，莫贪图安逸坐享福分。应恭谨从事忠于职守，交正直之士亲近贤人。神灵就会听到这一切，从而赐你们福祉鸿运。

长叹你们这些君子，莫贪图安逸碌碌无为。应恭谨从事忠于职守，与正直之士亲近伴随。神灵就会听到这一切，从而赐你们洪福祥瑞。

[太傅开讲]

公元前678年，齐国约集鲁、宋、陈、卫、郑、许、滑、滕等国在“幽地会盟”。在大会上，大家再推齐桓公为盟主，承认了齐桓公的霸主地位。

虽然中原各国逐渐承认了齐国的盟主地位，但居住在边远地区的一些少数民族部落却不理这一套。有一天，齐桓公正与管仲议事，有人来报告说北方的山戎侵犯燕国，劫夺粮食、牲畜和财物，燕国派人来求救了。齐桓公征求管仲的意见，管仲说：“山戎经常骚扰中原，是中原各国安定的忧患，一定要征服。”

齐桓公听了管仲的话，亲率大军援救燕国。齐侯大军到了燕园，才知山戎早就带着抢到的人口和财物跑了。管仲说：“山戎虽然跑了，但以后还会来骚扰。我们不如彻底打垮他们，实现北方的长治久安。”

齐桓公率军向北追击山戎，一直打到孤竹才回师。回来时经过燕国，燕国的国君前来相送，一直送出了燕国的国境。桓公问管仲道：“诸侯相送，以前都是要送出国境的吗?”

管仲说：“如果不是送天子，不应该送出国境。”

桓公说：“喔，燕君害怕咱们的大军，因此破坏了规矩，但是我不可以让燕君坏了这诸侯相送之礼啊。”

于是把燕君送桓公所到的齐国领土都割让给了燕国。这件事传开以后，有更多诸侯前去朝见齐桓公。

《诗经》里说：“静恭尔位，好是正直。神之听之，介尔景福。”

合人情未必合法度

［太傅开讲］

韶乐为上古舜帝所创制，主要是用它歌颂帝尧的圣德并加以继承，后来演变成宫廷音乐，成为其中等级最高、运用最久的雅乐。据《吕氏春秋？古乐篇》记载："帝舜乃命质修《九韶》《六列》《六英》以明帝德。"

此后的夏、商、周三代帝王均把韶乐作为国家大典用乐。周武王定天下后封赏功臣，姜太公封营丘建齐国，韶乐传入齐，从内容到表演形式都有所丰富。鲁昭公二十五年（公元前517年）孔子入齐，在观赏了齐韶乐后，由衷赞叹韶乐"尽善尽美"。

然而韶乐在演奏时要用到盾和斧，尚带几分杀伐气息，并不是完美的音乐，而且它的创作者舜同时娶了唐尧的两个女儿，也是与礼不符的；他追封黄帝的儿子多达19人，是不符合律法的；他独自跑到野外伤心哭泣，是因为还不了解天命。这些做法，从人的常情来讲都没有不合适的，但从法理角度来讲就未必对了。《礼记》里说："礼仪三百，威仪三千。（大的礼节有三百项，小的规矩有三千条）"

《诗经》里说："靖共尔位，正直是与，神之听之，式谷以女。（认真做好本职事，亲近正直靠贤良，神明听到这一切，赐您福禄永吉祥）"（出自《小明》）

礼为强国之本

文王有声

丰水东注，维禹之绩。四方攸同，皇王维辟。皇王烝哉！

镐京辟雍，自西自东，自南自北，无思不服。皇王烝哉！

丰水奔流向东方，大禹功绩不可忘。四方诸侯来依附，大王树立好榜样。大王真个是明王！

落成离宫镐京旁，在西方又在东方，在南面又在北面，没人不服我周邦。大王真个是明王！

[太傅开讲]

公元前301年，齐将匡章、魏将公孙喜、韩将暴鸢率领三国部队进攻楚国，楚国派大将唐昧率军抗击齐、韩、魏三国军队。

三国联军进攻楚国的方城，双方沿沘水列阵对峙长达6个月。由于楚军放箭射守，联军根本不能靠近河边。齐宣王派周最到前线，催促匡章渡河作战，匡章对周最说："撤了我的职务、杀了我，甚至杀了我的全家，这是大王能够做到的；但是要我在战机不成熟时出战，在战机成熟时不出战，这是大王在我这儿不能做到的。"

匡章仍旧坚守并且寻找战机。后来，一位樵夫告诉他说："凡是楚军重兵防守的地方，都是河水浅的地方；凡是楚军防守兵力少的地方，都是河水深的地方。"匡章随即选派精兵，乘夜在楚军重兵防守的地方发动突袭。楚将唐昧因为联军6个多月没能渡河而放松戒备，得知联军上岸后才调兵应战，结果在沘水旁的垂沙被打得大败，楚军死者数以千计，主将唐眜也战死沙场。

当时，楚国兵将的铠甲是用蛟龙犀牛和兕的皮做成的，坚硬得如同铁块和石头，他们使用的是宛城制造的铁矛，锋利得好似毒蜂尾上的针，楚军行动敏捷，刚劲迅猛，好像狂风一样，却落得惨败于垂沙。垂沙之战以后，联军乘胜攻占垂丘、宛、叶以北的大片土地。而唐眜的部将庄蹻在败逃过程中，乘机率部叛变并发动民众起事，一度攻下楚国都城郢，楚国开始四分五裂。

楚国的失败，难道是因为铠甲不精良、兵器不锋利吗？实在是因为不推行治国的大道。礼，是治理天下的最终准则和国家强盛的根本，也是国君威望的源头和成就功名的基本条件。诸侯推行礼就能够统一天下，不施行礼就会破家亡国。铠甲坚固、兵器锋利算不上武力强盛；城墙高大、城池深邃算不上固若金汤；法令严酷、刑罚繁复不足以令人敬畏；顺行正道国家就强大，不顺行正道国家就衰弱。

楚国占有汝水淮河这样的天险，以长江汉水作为护城河，紧靠着方城山，据守着邓林，然而秦军一到就攻破了楚国的都城鄢郢，就好像摇落枯叶一般轻松，难道是楚国没有坚固的要塞和险要的地势吗？实际上是因为楚王没有用正道治理国家啊！

商纣王杀了比干，囚禁箕子，滥用炮烙这样的酷刑，动不动就杀人，百姓忧愁恐惧，都不敢奢望保全性命，当周武王的大军一到，纣王的命令连他最亲近的人也不执行，这难道是因为没有严酷的法律刑罚吗？是因为不用正道治理国家啊！

如果国君彰明大道，公平治理国家，真诚爱护人民，按时役使民力，则下面的会顺应国君，如同影子和回声一般；有不服从命令的，再用刑罚来惩戒他，只要刑罚一人而天下的百姓俱都顺服，百姓不怨官吏，官吏不恨上司，国君知道罪在自己。所以刑罚越来越少，而国君的威望如滔滔流水一般加诸天下，渊源不绝，没有别的缘故，是因为推行治国的大道啊。

《诗经》上说：“自东自西，自南自北，无思不服。（在西方又在东方，在南面又在北面，没人不服我周邦）”如此，则近处的人民唱歌赞美他，远处的人民来投奔他，遥远偏僻的他国之民，没有不来归顺并感到快乐满意的，好像婴孩依赖慈母一样，这是为什么呢？是因为国君仁慈，刑法合理有度，人民有道德信仰，教育百姓爱护百姓，礼乐流行与百姓相互影响啊！

礼中又有礼

楚茨（节）

执爨踖踖，为俎孔硕，或燔或炙。君妇莫莫，为豆孔庶，为宾为客。

献酬交错，礼仪卒度，笑语卒获。神保是格，报以介福，万寿攸酢！

掌膳的厨师谨慎麻利，盛肉的铜器硕大无比，有人烧肉又有人烤炙。主妇怀敬畏举止有仪，盘盏中食品多么丰盛，席上则是那宾客济济。

主客间敬酒酬答来往，举动合规矩彬彬有礼，谈笑有分寸合乎时宜。祖宗的神只大驾光临，赐福回报子孙的心意，万寿无疆宏福与天齐！

[太傅开讲]

晏婴是春秋时齐国上大夫晏弱之子，历任齐灵公、庄公、景公三朝上大夫，辅政长达40余年。晏婴能言善辩，有政治远见、外交才能。他内辅国政，屡谏齐王，在外交方面既富有灵活性，又坚持原则性，捍卫了齐国的国格和国威。

有一次，晏子出使鲁国，孔子便令门下的弟子们前往参观学习。

等到了晏子拜见鲁君的礼仪结束后，子贡回来向夫子报告说："古礼规定，登阶之时依次而行，不可越级而上；朝堂之上，不可急趋而行；接受圭璋时，不需下跪。今天晏子的做法却全部与古礼相反，他登上庙堂的时候快步疾行，鲁君授给他玉时，他跪下来接受。怎么能说晏子熟习礼仪呢？"

孔子说："他这么做应该有他的道理吧？我会问一下他。"

晏子办完了公事后，前来拜访孔子。席间，孔子向晏子问道："夫子您今天在朝堂之上所为与古礼相反，这样做合乎礼吗?”

晏子听了解释道：“我听说，在两楹之间，国君与臣子各有固定的位置，君行一步，臣行两步。因为鲁君迅速登上，我唯恐距离被拉开而失礼，才快步而登；到了朝堂上急趋而行，是为能立即就位啊。再说，鲁君授玉时态度谦和，姿势过低，我不得已才跪下来，如此方能承接。为人做事要能谨守大节，至于小节方面略有出入，应该是没有关系的啊!”

晏子拜见孔子辞出后，孔子以宾客之礼相送。回来后，孔子对自己的门下弟子们说：“礼贵在因时制宜，像这样不合常法的礼仪，唯有晏子才能行而有节啊!”

《诗经》上说：“礼仪卒度，笑语卒获。”形容晏子非常合适。

仁爱乃固民之本

信南山

疆埸翼翼，黍稷彧彧。曾孙之穑，以为酒食。畀我尸宾，寿考万年。

中田有庐，疆埸有瓜。是剥是菹，献之皇祖。曾孙寿考，受天之祜。

田地的疆界齐齐整整，小米高粱多茁壮茂盛。子孙们如今获得丰收，酒食用谷物制作而成。可奉献神尸款待宾朋，愿神灵保佑赐我长生。

大田中间有居住房屋，田埂边长着瓜果菜蔬。削皮切块腌渍成咸菜，去奉献给伟大的先祖。他们的后代福寿无疆，都是依赖上天的佑护。

桑柔（节）

为谋为毖，乱况斯削。告尔忧恤，诲尔序爵。谁能执热，逝不以濯？其何能淑，载胥及溺。

谨慎谋划觅良方，才能消除混乱状。告诉你要体恤人，告诉你要用贤良。谁在解救炎热时，不用冷水来冲凉？小人治国没好事，大家受溺遭灭亡。

［太傅开讲］

古时候，八户人家共同耕耘一块井田。宽一步长一百步为一亩；宽百步长一百步为一百亩；宽三百步长三百步（周代以八尺为一步）为一井，有九百亩。八家编为一个称为“邻”的单位，每家一百亩田；多出的每家又各自得田二十五亩，每家又耕种十亩公田，剩下的二十亩土地，每家分得二亩半用来建造房屋住舍。

八家相互保护，出入轮流看守，生病了互相照顾，有患难的时候互相帮助，富足的人借贷财物给贫困的人，宴会的时候相互邀请，嫁女儿娶媳妇时大家一起商量，打鱼狩猎的鱼兽大家平分，大家仁义恩爱，因此人民和睦相处，互相帮助。《诗经》曰："中田有庐，疆场有瓜。（田中有房好人家，田边种着青翠瓜）"

现在就不一样了，官府命令百姓伍家组成一伍，相互监视揭发犯法犯罪，使得百姓间多有怨仇，民众相互残害，败坏了和睦相处、仁恩相敬的心愿，损害教化，使人民亲睦的举措少，而败坏醇厚的民风的措施多，这只会让仁爱之道更加泯灭。《诗经》曰："其何能淑，载胥及溺。（国事如果办不好，大家淹死同丧命）"

王者以民为天

角弓

此令兄弟，绰绰有裕。不令兄弟，交相为瘉。

民之无良，相怨一方。受爵不让，至于已斯亡。

彼此和睦亲兄弟，感情深厚少怨怒。彼此不和亲兄弟，相互残害全不顾。

有些人心不善良，相互怨恨另一方。接受爵禄不谦让，轮到自己道理忘。

[太傅开讲]

有一次，齐桓公问管仲说："君王应该最看重什么?"

管仲说："君王最看重的应该是天。"

齐桓公抬头看着天。管仲说："我所说的天，不是我们头上空阔辽远、没有边际的天啊。国君应该以百姓为天，百姓拥护他，国家就太平；百姓辅助他，国家就强大；百姓埋怨他，国家就危险；百姓背叛他，国家就灭亡。《诗经》上说：'民之无良，相怨一方。(如今百姓不善良，莫责对方怨自己)'老百姓居住于各地，埋怨国君，国家还不灭亡的，从来没有过。"

精于骑术的人不会忘记他的马儿，善于射箭的人不会忘记他的弓，善于做国君的人不会忘记他的臣下和百姓。真诚地爱护他们并为他们谋利益，使四海之内好像一家人凝聚在一起；如果不爱护他们，不为他们谋利益，那么做儿子的甚至也会反抗而杀害父亲，何况天下的百姓对国君呢?

是非不辨者，吉凶不察

菀　柳

有菀者柳，不尚息焉。上帝甚蹈，无自暱焉。俾予靖之，后予极焉。

有菀者柳，不尚愒焉。上帝甚蹈，无自瘵焉。俾予靖之，后予迈焉。

有鸟高飞，亦傅于天。彼人之心，于何其臻。曷予靖之，居以凶矜。

一株柳树很茂盛，不要依傍去休息。天帝心思反覆多，不要和他太亲密。当初让我谋国政，而后受罚遭排挤。

一株柳树很茂盛，不要依傍寻阴凉。天帝心思反覆多，不要自己找祸殃。当初让我谋国政，如今放逐到远方。

鸟儿尽力往高飞，还要依附在青天。那人心狠不可测，走到何处是极限？为何要我谋国政，反又突兀遭凶险？

[太傅开讲]

楚考烈王八年（公元前255年），楚国的令尹（国相）春申君黄歇拜荀子为兰陵令。荀子到任不久，一位门客对黄歇进谗言说："商汤王仅仅凭借七十里的国土，周文王仅仅凭借一百里的国土，都兼并了天下，统一了海内。现在那个荀子是天下最有贤能的人，您委任他管理百里的国土，我个人认为这对于您而言不是一件好事吧？"

黄歇一听有道理，婉言辞退了荀子。

荀子回到故乡赵国后，被任命为上卿。他继续向赵孝成王建言献策，想以此推动故国于困境中崛起。消息传到楚国后，又有人在春申君面前进谏说：

“从前伊尹离开夏国去了商国，商统一了天下而夏国灭亡了；管仲离开鲁国去了齐国，鲁国衰弱而齐国强大起来了。这样说来，贤才所在的地方，国君没有不好的，国家没有不安定的。荀子是当今天下有贤能的人，怎么把他辞退了呢？”

春申君接受建议，派使者请荀子复任兰陵令。荀子并没有马上跟随使者返楚，而是把整理好的六篇赋及《小歌》一首，附在一封信中请使者转呈春申君。

荀子在信中说：“俗话说：‘长了恶疮的人怜悯君主。’虽然这是很不恭敬的话，但是这句话的涵意不能不加以仔细思量，不是把您和被挟迫刺杀而死的国君相比。如果国君年少而放纵，没有分辨奸佞的本领，那大臣们就会独断专行图谋私利，为了避免自己遭到诛杀，所以除掉贤明年长的国君，而拥立年幼孱弱的国君，罢免正直的人才而任用奸佞。长了恶疮的人虽然身上流浓，长满了疮疤，但是和古时候相比，还没有受到像楚共王被勒死或者齐庄公被箭射大腿的苦痛；和近代比，还没到齐闵王被抽筋或者赵武灵王被饿死的地步。被挟制劫杀而死的国君，内心的忧虑和身体的痛苦，一定比长了恶疮的人还痛苦。这样说来，长了恶疮的人怜悯国君，是有可能的。”

荀子作赋说：“旋玉瑶珠不知佩，杂布与锦不知异，闾娵子都莫之媒，嫫母力父是之喜。以盲为明，以聋为聪，以是为非，以吉为凶。呜呼！上天！曷维其同！”意思是说：有美玉珍宝而不佩戴，布和锦缎混在一起而不能分别，不去请媒人向闾娵、子都那样的美人提亲，却喜欢嫫母、力父那样的丑八怪。把瞎子当作眼睛明亮的人，把聋子当作耳朵灵敏的人，把对的当成错的，把吉祥当成灾祸。哎，老天爷！我怎么能认同他的做法呢？

春申君读了信十分懊悔，亲赴邯郸请荀子返楚再担任兰陵令。

《诗经》上说：“上帝甚蹈，无自瘵焉。”

言有诸中，必行诸外

白 华

樵彼桑薪，卬烘于煁。维彼硕人，实劳我心。

鼓钟于宫，声闻于外。念子懆懆，视我迈迈。

有鹙在梁，有鹤在林。维彼硕人，实劳我心。

鸳鸯在梁，戢其左翼。之子无良，二三其德。

有扁斯石，履之卑兮。之子之远，俾我疷兮。

开白花的菅草呀，白茅把它捆成束呀。这个人儿远离去，使我空房守孤独呀。

天上朵朵白云飘，甘露普降惠菅茅。怨我命运太艰难，这人无德又无道。

滮水缓缓向北流，灌溉稻子满地头。长啸高歌伤心怀，那个美人让人忧。

砍那桑枝作柴烧，放入灶堂火焰高。想起那个大美人，痛心疾首受煎熬。

宫内敲钟钟声沉，声音必定外面闻。想起你来心难安，你看见我却忿忿。

秃鹙就在鱼梁项，白鹤就在深树林。想起那个大美人，实在煎熬我的心。

鱼梁上面鸳鸯站，嘴巴插在左翅间。这个人儿没良心，三心二意让人厌。

扁平石块来垫脚，踏在上面人不高呀。这个人儿远离去，使我忧愁病难消呀。

[太傅开讲]

孔子在为政、从教和周游列国过程中，要跟形形色色的人打交往。他把从中总结出的一套观人识人的有效方法，概括为这样一句话："视其所以，观其所由，察其所安。人焉廋哉？人焉廋哉？"（《论语·为政第二》）也就是说，只要按照这三个步骤去考察、识别一个人，那么对方的才能、品性等就无所隐匿了。

有一个，颜渊陪同孔子会见一位客人。客人告辞以后，颜渊问道："根据老师您的观察，这位客人是个仁义的人吧?"

孔子说："从言谈的内容中，感觉他是个心肠狠硬、夸夸其谈的人，至于他的仁德，我真的没有感觉到。"

颜渊表情立刻严肃起来，感慨地说："一尺长的美玉，即使埋于十仞深的泥土，也不能掩盖它的光彩；一寸大的珠宝，即使在百仞深的水下，也不能掩盖它的荧光。人的外貌取决于体质，表情源自于内心，人的心性貌似深远难以察觉，但是假如内心温和善良，在眉眼之间就会显现出来；假如内心邪恶不善，眉目之间也无法隐藏。"

《诗经》上说："鼓钟于宫，声闻于外。(宫内倘若把钟敲，声音在外必听到)"

君子有不言之说

绵蛮

绵蛮黄鸟，止于丘阿。道之云远，我劳如何。饮之食之，教之诲之。命彼后车，谓之载之。

绵蛮黄鸟，止于丘隅。岂敢惮行，畏不能趋。饮之食之，教之诲之。命彼后车，谓之载之。

绵蛮黄鸟，止于丘侧。岂敢惮行，畏不能极。饮之食之，教之诲之。命彼后车，谓之载之。

毛茸茸的小黄鸟，栖息在那山坳中。道路漫长又遥远，我行道路多劳苦。让他吃饱又喝足，教他通情又达理。叫那随从的副车，让他坐上拉他走。

毛茸茸的小黄鸟，栖息在那山角落。哪里是怕徒步走，只怕太慢难走到。让他吃饱又喝足，教他通情又达理。叫那随从的副车，让他坐上拉他走。

毛茸茸的小黄鸟，栖息在那山丘旁。哪里是怕徒步走，只怕不能走到底。让他吃饱又喝足，教他通情又达理。叫那随从的副车，让他坐上拉他走。

[太傅开讲]

周武王击败殷纣王取得了政权后，根据“灭国不绝祀”的原则，让纣的儿子武庚仍继承殷王位，统治殷商故地，以保留殷人的祭祀。同时，武王又安排自己的弟弟管叔、蔡叔、霍叔驻守在殷都周围的邶、鄘、卫三国，以监视武庚，史称“三监”。

武王去世后，年幼的成王即位，由周公代行王事。于是管叔、蔡叔就与武庚联合起来作乱。但是因为管叔和蔡叔都是王族，周公有些举棋不定。这时，有一位客人前来拜见周公。周公把他挡在门外问道：“您有什么话要跟我说呢?”

客人说：“在门外就讲门外的事，在门内就门内的事，是让我进去说呢?还是在外面说呢?”

周公说：“请进来吧!”

客人再问：“如果站着说呢，我们就讲义；如果坐着说呢，我们就说仁。您看我们站着说还是坐着说呢?”

周公笑道：“请坐。”

客人坐下说道：“如果我讲快了，您就只看见嘴皮子动；如果我说得太慢了，您就会听不见，我说还是不说呢?”

周公站起来恭敬地施礼，说：“我明白了。”

第二天，周公联合召公，迅速发兵东征平定了叛乱，诛杀了管叔、蔡叔和武庚。

这个客人善于无言的劝说，周公善于听取无言的劝说，周公可以称得上是善于明辨微妙深奥的言说了。所以君子劝告他人的方式很微妙，救人之急也很温婉。

《诗经》上说：“岂敢惮行?畏不能趋。(哪敢害怕走远路，只怕慢了来不及)”

卷五

论大儒

文王（节）

文王在上，于昭于天。周虽旧邦，其命维新。有周不显，帝命不时。文王陟降，在帝左右。

文王神灵升上天，在天上光明显耀。周虽是古老的邦国，承受天命建立新王朝。这周朝光辉荣耀，天帝的意旨得到遵照。文王神灵升临天庭，在天帝身边多么崇高。

［太傅开讲］

造父是西周时最擅长驾车的御者。传说他在桃林一带得到8匹骏马，调训好后献给周穆王。周穆王配备了上好的马车，让造父为他驾驶，经常外出打猎游玩。

有一次，他们驾车西行到了昆仑山，见到了西王母，乐而忘归。这时，传来了徐国徐偃王造反的消息，周穆王非常着急。在此关键时刻，造父驾车日驰千里，使周穆王迅速返回了镐京，及时发兵平定了叛乱。由于造父立了大功，周穆王便把赵城（今山西洪洞）赐给他，自此以后，造父族就称为赵氏，为赵国始族。

造父是最擅长驾车的人，但是如果没有车马，也无法展示他的能力。后羿是天下最擅长射箭的人，但如果不给他弓和箭，就无法见识他箭法的巧妙。像那些大儒们，是调和治理天下的人才，但是如果没有一方土地让他们管理，就无法见识到他们的功绩。所以如果车马坚固马匹健壮，却不能长驱千里的人，都不能算作和造父一样善于驾车的良才。如果弓的质量良好，箭杆笔直，却射不远，无法命中微小的目标，就不能算作是和后羿一样的良将。如果有了百里的土地，却不能管理好，不能使四方蛮夷臣服，就不能算作大儒。

所谓大儒，虽然隐居在小巷中简陋的房子里，几乎没有落脚的地方，但王公权贵们都比不上他的名望。教化方圆百里的小地方，即便是千里国也不能战胜他。讨伐残暴的国家，统一了天下，没有谁能够威胁到他，这就是大儒的功绩。他们的言谈有法度，举止行为符合礼节，做了事情就不再后悔，支撑艰险的时局，应对这国内外的变化得心应手。随着时代变迁与世界的变化，虽然世上的格局变化无常，但是他们坚守着大道一直不变，这就是大儒的功绩啊。

所以，世上有俗人，有俗儒，有雅儒以及大儒的区别。从不学习正道，行为不符合正义，每天都迷迷糊糊地追求财富物欲，这种人叫俗人。有时穿着宽大的衣服，系着宽阔的衣带，简单粗劣地效法先王之道，所学的知识足以扰乱世人的视听，技艺荒谬，所学杂乱，穿着言行已经与世俗的人一般无二，却依旧不知道这样的坏处，发表的议论和说词，和老子墨子的那一套已经没有什么分别，却不知道如何区分，这种人叫俗儒。

严格地效法古代先王之道，统一制度，言语举止遵守大的原则，但是他对道义的理解却不能补救法律和教育所不能解决的问题，对于那些没有听说过或没有见过的事物，知道就说知道，不知道就说不知道，既不欺骗自己，也不欺骗别人，尊重贤人敬重法度，从不敢懈怠傲慢，这种人是雅儒。

做事严格地效法先王之道，依照礼仪，以平易浅见的事物去推论博大深渊的道理，用一个道理推论出无数可行的事理，只要是有仁义的生命，就算是走兽飞禽也能区分出善恶；稀奇变异的事物突然在一个地方出现了，他就算从来都没有听闻过或者没见识过，也能把他们归类，毫不犹豫地迅速拿出对策；他引用法纪来度量人们，能做到如同朝廷传达命令、征调兵将用符节一样恰当契合，这种人叫大儒。

所以说国君如果任用俗人，那么再强大富饶的国家也要灭亡；任用俗儒，那么强大富饶的国家也只能得以保存。任用雅儒，那么广阔的疆域可以得到安定；任用大儒，那么不仅百里的疆域都可以长久保存，三年之后，就可以使天下诸侯都顺从归服。如果任用他们治理一个拥有万辆战车的强大国家，那么举手之间就可以使国家安定。

《诗经》里说："周虽旧邦，其命维新。"周文王也可以算得上是个大儒啊！

心法可意会，不可言传

文王（节）

命之不易，无遏尔躬。宣昭义问，有虞殷自天。上天之载，无声无臭。仪刑文王，万邦作孚。

天命不是不会改变，你自己不要自绝于天。传布显扬美好的名声，依据天意审慎恭虔。上天行事总是这样，没声音没气味可辨。效法文王的好榜样，天下万国信服永远。

[太傅开讲]

楚成王在宽敞的宫殿上读书，有个做车轮的工匠叫轮扁在殿下工作，站起来问道："不知道大王您读的是什么书啊？"

楚成王回答："是古代先圣所写的书。"

轮扁道："这真是古代先圣思想中最没有价值的部分啊！不是什么美好的东西。"

楚成王问道："先生为什么这么说呢？"

轮扁答道："这是根据我制造车轮的经验得出的结论啊。我制造车轮，以圆规画出圆形，以矩尺画出方形，这种技巧是可以传授给后人的。但若是恰到好处地把三块木料组合在一起，需要用自己的心灵去感应，得之于手而应之于心，这种技巧就没法用语言准确地表达出来，但又确确实实存在。我无法明白地教给我的儿子，我的儿子也无法体会到我所感悟的东西，以至于我 70 岁了还在制作轮子。所以说但凡是可以言传下来的，都是最没有价值的部分。所以唐虞那个时代的法度虽然可以考证得到，但那些只可意会，不可言传的心法，却无法琢磨得到。”

《诗经》里说：“上天之载，无声无臭。”这样谁能捉摸得到呢？

学习在于求索不止

文王（节）

穆穆文王，于缉熙敬止。假哉天命，有商孙子。商之孙子，其丽不亿。上帝既命，侯于周服。

文王的风度庄重而恭敬，行事光明正大又谨慎。伟大的天命所决定，商的子孙成了周的属臣。商的那些子孙后代，人数众多算不清。天帝既已降下意旨，就臣服周朝顺应天命。

[太傅开讲]

孔子跟著名的琴师师襄子学习琴艺。过了好几天，他还在反复练习一支曲子，师襄子说："你能够进一步学新曲了！"

孔子说："我已经掌握了曲子，还没有掌握它的技巧。"

过了一段时间，师襄子说："你能够进一步学新曲了！"

孔子说："我已经掌握了演奏技巧，可还没有领悟它的意思。"

又过了一段时间，师襄子又说："你能够进一步学新曲了！"

孔子说："我已经能领悟到作者的意思了，可还不清楚他是什么样的人。"

过了一段时间，孔子若有所思地说："创作此曲的人身躯魁梧，脸庞黝黑，两眼仰望天空，一心要感化四方。他非文王莫属，不知对否，还请老师指教！"

师襄子离开坐席向孔子行礼说："太好了！我也认为这是文王创作的乐曲。"

师襄子接说："请问您是怎么知道的呢？"

孔子说："是这样的。仁义者喜舒缓，温和者喜修饰，智慧者喜灵动，情意殷勤者喜华丽，所以我从音乐风格中知道这是文王的作品。"

《诗经》里说："穆穆文王，于缉熙敬止。"

民安则天下归服

下武（节）

昭兹来许，绳其祖武。于万斯年，受天之祜。

受天之祜，四方来贺。于万斯年，不遐有佐。

光明磊落后来人，祖宗事业能继承。千秋万载把国享，受天福禄永不停。

享受老天赐福多，四方诸侯来朝贺。千秋万载把国享，哪无贤臣来辅佐！

[太傅开讲]

周成王在位执政的时期，田地里长出三棵巨大的禾苗，穿过了桑树，一起开出了一朵花。这朵花大得几乎装满了一辆车，长得几乎能塞满了车厢。成王问周公道："这是什么东西呢？"

周公回答说："三棵禾苗一起长出了一朵花，它代表着天下终于要统一了。"

过了三年，果然有个叫越尝氏的部族，派使者从极其边远的地区过来，用了九位翻译辗转翻译，向周公进献了一只白色的野鸡，道："我们到这儿来的路途遥远，山河难以通行，唯恐使者不能表达清楚，所以请多人辗转翻译而来。"

周公说："我有什么才德，能得到贵国的礼物呢？"

翻译说："命我传译的国家的老年人说：'在我们这里，上天没有降下飓风暴雨使人民遭受苦难，大海也没有发生海啸，波涛平静，到现在已经有三年了！太久了！这或许意味着中国出了圣人，为什么不去朝拜呢？’于是我们就来了。”

周公于是很敬重地询问使者到来的经过，向他们致意。

《诗经》里说：“于万斯年，不遐有佐。(国祚绵绵万年长，不怕路远做屏障)”

以史为镜，知古鉴今

荡（节）

文王曰咨，咨女殷商。人亦有言：颠沛之揭，枝叶未有害，本实先拨。殷鉴不远，在夏后之世。

文王开口叹声长，叹你殷商末代王！古人有话不可忘："大树拔倒根出土，枝叶虽然暂不伤，树根已坏难久长。"殷商镜鉴并不远，就是前代夏之亡。

[太傅开讲]

大禹治水之后，深受人们拥护，根据"禅让"制而做了舜的继承人。他将当时的中国划为 9 个州，制定了各种制度，为夏朝的建立奠定了一定的基础。大禹死后，他的儿子启继承了权位，并且在与按照禅让制应获得传位的伯益战争中获胜，杀死了伯益。启即位并建立夏朝，成了历史上王位世袭继承制的开端。

夏代末年，王室内政不修，社会矛盾日趋尖锐。夏桀即位后骄奢淫逸，筑倾宫、饰瑶台，日夜与妹喜饮酒作乐，置百姓的困苦于不顾，百姓指着太阳咒骂夏桀。大臣忠谏，被他囚而杀之。四方诸侯也纷纷背叛，夏桀陷入内外交困的孤立境地。商汤看到伐桀的时机已经成熟，以"天命"为号召，在鸣条之战中战胜夏桀，夏桀出逃后死于南巢。一个强大的王朝经历了 400 余年历史，却被一个小国所灭，引起人们的震惊与思考，于是出现了"殷鉴不远，在夏后之世"的告诫。

尽管如此，商汤统一了天下建立了殷朝，然而同样一个殷朝却亡在纣王的手里。所以说，没有长治久安的国家，只有合理地治理百姓，任用贤才，国家才会昌盛；任用不贤良的臣子，国家就会灭亡。从古至今，没有不是这样的。

明亮的镜子，可以用来照见自己的身形，通过以前发生的事情，可以推测现在的情况。知道并厌恶古代国君之所以亡国的原因，但是却不效仿古代国君能安定天下的做法，这么做就和倒退着走却希望能追上前面的人一样了。俗话说："不知道如何当好官，可以效仿以前官吏们所做的事情。"有的人说："前面的车子翻了，跟在后面的车子不以它为教训，那么后面的车子也要跟着翻倒。"所以夏朝灭亡的原因，殷朝不吸取教训，也因此而灭亡；殷朝灭亡的原因，周朝不吸取教训，也因此而灭亡。所以殷朝可以把夏朝灭亡的原因作为教训，周朝可以把殷朝灭亡的原因作为教训。

《诗经》里说："殷鉴不远，在夏后之世。"

拒无类之说，慎不赞之辞

抑（节）

无易由言，无曰苟矣，莫扪朕舌，言不可逝矣。无言不仇，无德不报。惠于朋友，庶民小子。子孙绳绳，万民靡不承。

不要随口把话吐，莫道“说话可马虎，没人把我舌头捂”，一言既出难弥补。没有出言无反应，施德总能得福禄。朋友群臣要爱护，百姓子弟多安抚。子子孙孙要谨慎，人民没有不顺服。

［太傅开讲］

孔子非常注重自己的举止仪表。在待人接物的方面事事处处有礼貌，言行适度，举动文雅，在衣食住行方面方面，也表现出良好的修养，而且强调要有真情实感。例如，他和乡下人一块饮酒，喝完酒以后总是让年长的先走，然后自己再退出。

孔子还详细地总结了与人说话时的注意事项：“要严整庄重的仪表，端正诚实的态度，坚持自己的立场，用比喻的方法让对方理解，把各种情况解析说明，用喜悦温和的语气表述，爱护珍惜自己所说的话，让自己的言论看做珍贵而神圣事物，如果能够这样，那么你的观点就不会不被接受了，这就叫重视他所重视的。至于那些不合理义的言论，没有准则的行为，对他人没有帮助的言辞，对自己有高尚要求的君子必须要谨慎的对待。”

《诗经》里说：“无易由言，无曰苟矣。（不要把话随口吐，莫道说话可马虎）”

明君与贤士为伍

桑柔（节）

大风有隧，有空大谷。维此良人，作为式谷。维彼不顺，征以中垢。

大风有隧，贪人败类。听言则对，诵言如醉。匪用其良，复俾我悖。

大风疾吹呼呼响，长长山谷真空旷。想这好人多善良，所作所为都高尚。想那坏人不顺理，行为污秽难见光。

大风疾吹呼呼响，贪利败类有一帮。好听的话就回答，听到诤言装醉样。贤良之士不肯用，反而视我为悖狂。

[太傅开讲]

东海里有一种鱼，名叫鲽，这种鱼只有一只眼睛，要两条鱼合作才能走，如果不合作就走不了。北方有一种野兽，名叫娄，这种野兽一个进食另一个望风把守，相互替换，如果不相互合作，就吃不饱。南方有一种鸟，名叫鹣，这种鸟只有一只翅膀，要两只鸟合作才能飞，如果不合作，就不能飞起来。西方有一种野兽，名叫蹷，它的前脚像老鼠，后腿像兔子，每次得到甘草，都要衔着去给蛩蛩距虚这种野兽吃，它的本性并不是爱蛩蛩距虚这种野兽，而是要在发生危难时借用蛩蛩距虚背着它逃走。飞鸟走兽游鱼都可以相互借助，何况是强大的国家的国君，如果唯独他不知道借用天下的英雄才俊，和他们在一起，岂不是不正常了吗？

所以说：视力明亮的人扶着眼光明亮的人，就可以登天；眼光明亮的人扶着视力昏暗的人，可以把他送回原处；两个瞎子相互搀扶，不被墙壁和树木碰伤，不掉到水井和陷坑里，就已经算是幸运的了。

《诗经》里说：“惟彼不顺，征以中垢。”说的是国君昏庸不英明的行为啊！

圣贤皆有师

假　乐

假乐君子，显显令德。宜民宜人，受禄于天。保右命之，自天申之。

千禄百福，子孙千亿。穆穆皇皇，宜君宜王。不愆不忘，率由旧章。

威仪抑抑，德音秩秩。无怨无恶，率由群匹。受福无疆，四方之纲。

之纲之纪，燕及朋友。百辟卿士，媚于天子。不解于位，民之攸塈。

君王冠礼行嘉乐，昭明您的好美德。德合庶民与群臣，所得福禄皆天成。保佑辅佐受天命，上天常常关照您。

千重厚禄百重福，子孙千亿无穷数。您既端庄又坦荡，应理天下称君王。从不犯错不迷狂，遵循先祖旧典章。

容仪庄美令人敬，文教言谈条理明。不怀私怨与私恶，诚恳遵从众贤臣。所得福禄无穷尽，四方以您为准绳。

天下以您为标准，您设筵席酬友朋。众位诸侯与百官，爱戴天子有忠心。从不懈怠在王位，您使人民得安宁。

[太傅开讲]

鲁哀公问孔子的学生子夏："国君一定要先学习，然后才可以使国家安定保护人民吗?"

子夏回答："不学习就能安定国家和保护人民的国君，从来都没有过。"

哀公说："那么像五帝那样的国君有老师吗?"

子夏回答："我听说黄帝向大坟学习过，颛顼向禄图学习过，帝喾向赤松子学习过，唐尧向务成子附学习过，虞舜向尹寿学习过，夏禹向西王国学习过，商汤向贷乎相学习过，周文王向锡畴子斯学习过，周武王向姜太公学习过，周公向虢叔学习过，孔子向老聃学习过。这11位圣贤的人，如果没有遇到这样的老师，那么他们的卓著功绩事业就不能闻名于天下，他们的名声就不能流传于后世了。”

《诗经》里说：“不愆不忘，率由旧章。(不犯过错不忘本，遵循旧制国太平)”

道存则国存，道亡则国亡

执 竞

执竞武王，无竞维烈。不显成康，上帝是皇。自彼成康，奄有四方，斤斤其明。

钟鼓喤喤，磬筦将将，降福穰穰。降福简简，威仪反反。既醉既饱，福禄来反。

勇猛强悍数武王，功业无人可比上。成康二王真显赫，上天赞赏命为长。从那成康时代起，拥有天下占四方，英明善察好眼光。

敲钟打鼓声宏亮，击磬吹管乐悠扬，天降多福帝所赐。帝赐大福从天降，仪态慎重又大方。酒足量呀饭饱肠，福禄回馈来双双。

[太傅开讲]

有人问："什么是道呢？"

智者回答说："国君治国所遵循的道理。"

那人又问："什么是君呢？"

智者回答说："能够合群，能够为天下万物除去祸害的人，就是君。"

接着问："什么是王呢？"

智者回答说："归顺的意思，天下人都原意归顺他，就是王。"

接着，智者继续解释道："对擅长使人民安定生活的人，人们会尊敬；对擅长治理国家的人，人们会顺从；对擅长使贤能者发挥才干的人，人们会亲近；对擅长言词文饰的人，人们会喜爱。这四样都具备的人，那么天下的人民就会归服他；这四样一样都不具备，那么人民就会背弃他。天下人都愿意归服他的可称之为王，都背弃他那他也就灭亡了。”

《诗经》里说：“降福简简，威仪反反。既醉既饱，福禄来反。”

卷六

智者见微知著

抑（节）

抑抑威仪，维德之隅。人亦有言，靡哲不愚。庶人之愚，亦职维疾。哲人之愚，亦维斯戾。

无竞维人，四方其训之。有觉德行，四国顺之。訏谟定命，远犹辰告。敬慎威仪，维民之则。

仪表堂堂礼彬彬，为人品德很端正。古人有句老俗话："智者有时也愚笨。"常人如果不聪明，那是本身有毛病。智者如果不聪明，那就反常令人惊。

有了贤人国强盛，四方诸侯来归诚。君子德行正又直，诸侯顺从庆升平。建国大计定方针，长远国策告群臣。举止行为要谨慎，人民以此为标准。

［太傅开讲］

商朝末年，纣王的叔父箕子是一位能够见微知著的贤士。

他在辅佐朝政时，看到纣王吃饭时用起象牙筷子，感叹说："纣王开始用象牙筷子，必定不能再用土盆瓦罐来盛饭，而且还要有犀牛角和美玉制成的酒杯。端着玉杯，拿着象牙筷子，怎么还能吃粗菜素食呢？恐怕一定要端上牦牛、大象和豹胎一类的美味才行。吃着珍馐佳肴，难道能够穿着粗布衣、住着普通宫殿吗？那就得穿上华服，住进高广宫室才配得上。照这样无止境地追求享用，就一定要强征赋税、苛使劳役才能满足，老百姓怎么受得了呢？即便用尽所有的资源，恐怕也满足不了他的贪欲呀！"

后来，比干因为进谏而被杀死。箕子批评说："比干知道纣王不会采用他的谏言而非要进谏，这是愚蠢的表现；以死进谏以至于彰显国君的恶名，这是不忠的表现。两种方式都不是很合情理，他却依然去做，恐怕不能说他做得对。”

于是，箕子就披散开头发，装作发疯离开了朝廷。当时的君子听到这件事后说：“箕子真是辛苦啊！他用尽办法来表达自己对国君的忠诚和爱护，看到比干被杀这件事情后，为了避免重蹈覆辙而离开，真是仁义和聪明到了无以复加的地步。”

《诗经》上说：“人亦有言，靡哲不愚。（古人有句老俗话，国家如果不太平，所有圣哲都装傻）”

周朝立国后，箕子带领一大批遗老故旧从胶州湾东渡到朝鲜，创立了箕子王朝。武王听说后，“乃封箕子于朝鲜而不臣也”，不将箕子朝鲜视为周朝臣子，而是一个独立国家。箕子在海外蛮荒开辟文明，教化礼仪，把朝鲜治理得井井有条，被誉为“君子之国”。

仁君不轻布衣之士

［太傅开讲］

齐桓公去拜访一个职位很低的小官吏，三顾茅庐也没有见着。他身边的人说："这个人只不过是一个地位低下的小吏，国君都去了三次还没有见到，干脆不去了。"

齐桓公回答说："啊呀！这说的是什么话呀！我听说：平民如果不想追求富贵，就不愿在国君面前降低姿态；大国的国君如果不想以仁义治理好国家，就不愿在平民面前放低姿态。但是平民不追求富贵是可以的，我不治理好国家却是不可以的。"

他最终去了五次，才见到那个小官吏。天下诸侯知道这件事情后，说齐桓公对一个平民都礼敬有加，更何况对一国之君呢？于是争先恐后地来朝觐齐桓公。桓公之所以能九次召集诸侯，匡扶天下，除了齐国强大的实力以外，还因为他有这样的品行啊！

《诗经》上说："有觉德行，四国顺之。（君子德行正又直，诸侯顺从庆升平）"（出自《抑》）

孔子三赞子路治蒲

抑（节）

肆皇天弗尚，如彼泉流，无沦胥以亡。夙兴夜寐，洒扫庭内，维民之章。修尔车马，弓矢戎兵，用戒戎作，用逷蛮方。

其在于今，兴迷乱于政。颠覆厥德，荒湛于酒。女虽湛乐从，弗念厥绍。罔敷求先王，克共明刑。

皇天不肯来保佑，好比泉水空自流，君臣相率一齐休。应该起早又睡晚，里外洒扫除尘垢，为民表率要带头。整治你的车和马，弓箭武器认真修，防备一旦战事起，征服国外众蛮酋。

如今天下乱纷纷，国政混乱不堪论。你的德行已败坏，沉湎酒色醉醺醺。只知吃喝和玩乐，继承帝业不关心。先王治道不广求，怎能明法利众民。

［太傅开讲］

孔子的学生子路治理蒲地三年，孔子路过那里，进入境内后赞美道："子路做事情真是认真而又诚实啊！"

进入城内以后，孔子又说："真是不错啊！子路待人确实是真诚而又宽厚。"

等来到衙门里，孔子又赞叹道："真是不错啊！子路断案一定是明察秋毫啊。"

正牵着缰绳赶车的子贡问孔子："老师你还没有见到子路，却三次赞美他，可以告诉我为什么吗？"

孔子回答说："我进入蒲地境内，看见农田被大面积开发，杂草被刈除得干干净净，这是因为子路做事认真又很诚实守信，所以百姓肯尽心尽力地去工作。进入城里以后，看见民宅院子的围墙修得很高大，栽种的树木也很茂盛，那是因为子路对百姓忠信而宽厚，所以百姓不会偷懒苟且。他的衙门里很清静，没有人来喊冤告状，这是因为他处理事情明察秋毫，所以百姓没有受到什么困扰。"

《诗经》上说："夙兴夜寐，洒扫庭内。(应该早起又睡晚，洒扫庭院和内室)"

辩者不失其守

抑（节）

无易由言，无曰苟矣，莫扪朕舌，言不可逝矣。无言不仇，无德不报。惠于朋友，庶民小子。子孙绳绳，万民靡不承。

不要随口把话吐，莫道“说话可马虎，没人把我舌头捂”，一言既出难弥补。没有出言无反应，施德总能得福禄。朋友群臣要爱护，百姓子弟多安抚。子子孙孙要谨慎，人民没有不顺服。

［太傅开讲］

人与人之间的辩论，有三个境界五个层次，纯粹依靠言辞取胜者，是最下等的一种。

所谓辩论，就是区分不同种类的事物，让它们不会相互混淆妨碍；排列轻重不同的意见，让它们符合逻辑；表达内心的想法，说出自己的观点让他人能够了解，而不是用尽办法让别人迷惑。这样，辩论胜利的人坚持了自己的立场，辩论失败者也得到了自己真正想要的答案，这就是辩论有价值的地方。

如果在辩论中不断地岔开主旨，用大量的辞藻粉饰谬论，用很多比喻转移话题，牵引别人的思维，想表达的本意让人把握不住，这样即使在辩论中占了上风，也是虽胜犹败，因为这实际上对双方都是有害的。不摆明自己的想法，故意让人捉摸不透，这叫做隐瞒；避开话题偏离辩论焦点，这叫做回避；用似是而非的比喻来混淆视听，这叫做转移；用荒诞的谬论来粉饰自己的观点，这叫做耍赖。只有避免以上四种做法，真理才能越辩越明。

如果辩论中有一方故意使用隐瞒、回避、转移和耍赖的手段，辩论也就失去了价值。因为这既不会改变人的观点，有主见的人也不会去那样做。《论语》上说："君子于其言，无所苟而已矣。（有道德的人对他说的话，不会随便对待的）"

《诗经》上说："无易由言，无曰苟矣。"

周公论服人之心

[太傅开讲]

周成王时，周公的儿子伯禽被册封，前去治理鲁国。

父亲周公恐其有失，亲自书写了一篇铭文在老管家金人衣服的后背，并叮嘱金人到了鲁国要经常站在伯禽身前，背对伯禽让伯禽随时观看。上面以周公的口吻写道：

我告诉你：要让人心悦诚服，必须做到地位虽然尊贵而不对人傲慢，聪明通达而不轻视别人，勇猛刚强而不压制别人，能言善辩而不欺骗别人。不会就学，不懂就问，即使知道也要谦让，这样才能称之为有智慧的人。

在君主面前，就要遵循做臣子的规矩礼仪；离开家乡，就要遵守长幼次序的规矩礼仪；遇长辈就要遵守做晚辈的规矩礼仪，遇到平辈就要遵守做朋友的规矩礼仪，遇到年轻而地位低的人就要行施宽厚、教诲指导他。所以没有什么人不可以爱，也没有什么不需要尊敬，不要和别人发生争执，如广阔的天地中孕育着万物一般。如果这样，那么老人能放心他，年轻人想念他，朋友信赖他。

《诗经》上说："惠于朋友，庶民小子。子孙绳绳，万民靡不承。（爱护朋友和群臣，百姓子弟多安抚。子孙承继好传统，人民没有不顺服）"（出自《抑》）

先知者自省，执迷者自亡

桑柔（节）

大风有隧，有空大谷。维此良人，作为式谷。维彼不顺，征以中垢。

大风有隧，贪人败类。听言则对，诵言如醉。匪用其良，复俾我悖。

大风疾吹呼呼响，长长山谷真空旷。想这好人多善良，所作所为都高尚。想那坏人不顺理，行为污秽难见光。

大风疾吹呼呼响，贪利败类有一帮。好听的话就回答，听到诤言装醉样。贤良之士不肯用，反而视我为悖狂。

[太傅开讲]

历代的君主有先知先觉的，有后知后觉的，也有执迷不悟的。

楚庄王施政得当但依然愁容满面。申公巫臣就问他道："国君为什么闷闷不乐呢？"

庄王回答道："我听说，诸侯的成就是由身边的人决定的：如果能找到可以作为老师的人教诲自己，便可称王；如果能自己找到可以作为朋友的人相互交流，便可以称霸；如果相处的一些人还不如自己，那国家就会灭亡。以我这浅薄的能力，那些辅佐我的人还不如我，所以我担心啊！"

楚庄王的品德其实已经符合一个做君主的标准，他的威严使诸侯信服，还每天担心害怕，希望找到有才能的人辅佐他。

楚庄王属于先知先觉的人。还有一种后知后觉的人。

宋昭公在国内权争中失败而外出逃亡，一路上不停地思考，后来对赶车的人说：“我知道我逃亡的原因了。”

赶车的人问他：“什么原因呢？”

昭公回答：“我在家里时，在身边侍奉的几十个人每一个都说：我们的国君好英俊啊！当我在朝堂上发表意见时，朝中的大臣数百人每一个都说：我们的国君好英明啊！这样，我在里在外都看不到自己的过失，所以落得逃亡国外的下场。”

从此以后，他改变自己的行为，对人谦恭有礼，以仁义作为做事的准则。不到两年，他的美名传到宋国，宋国人于是迎接他回国重新当国君，死后谥为昭（谥法：圣闻周达曰昭）。

宋昭公属于后知后觉的人，还有不知不觉的人。

郭国的国君被赶下台逃亡国外时，对车夫说：“我渴了，想喝水。”

车夫马上给他献上清酒。郭君又说：“我饿了，想吃饭。”

车夫又马上献上干肉干粮。郭君奇怪地问车夫：“你为什么准备得这么充分？”

车夫说：“我储存的。”

郭君问：“为什么想到储存这些？”

车夫回答：“因为我知道您在逃亡路上会又饥又渴。”

郭君问：“你早知道我会有今天？”

车夫回答：“是的？”

郭君说：“为什么之前不提醒我？”

车夫说：“您喜欢奉承不喜欢听实话，我如果早就提醒你，估计在郭国没有灭亡前我就先灭亡了。”

郭君脸色一下子难看起来，生气地说道：“那你说说看，我落到今天这地步的原因是什么？”

车夫看到情况不对，马上改口说：“您之所以逃亡，是因为太贤能了。”

郭君问道：“为什么贤能的人还落得如此下场呢?”

车夫说：“全国都没有贤才，就国君您自己一人贤能，他们都不理解您支持您，您才会落得逃亡的下场。”

郭君颇带着几分伤感和自矜感慨道：“哎呀！找不到贤良的人辅佐，居然会落到这种地步啊!”

他身心疲惫，靠在车夫膝盖上睡着了。车夫把自己的膝盖拿开，换了一块土给他垫上，悄悄地自己跑掉了。最后郭君饿死在野外，尸体被野兽吃掉了。郭君就是不知不觉而执迷不悟的人。

所以，先知先觉的人能够当时就称霸，这就是楚庄王。后知后觉的人，三年后能复辟，这就是宋昭公。执迷不悟的人死在野外，被野兽吃掉，这就是郭国的国君。所以有先知先觉、后知后觉、执迷不悟三种人。

《诗经》上说：“听言则对，诵言如醉。(顺意之言你答对，一听忠谏则装醉)”

君子安命

桑柔（节）

瞻彼中林，甡甡其鹿。朋友已谮，不胥以谷。人亦有言：进退维谷。

维此圣人，瞻言百里。维彼愚人，覆狂以喜。匪言不能，胡斯畏忌？

维此良人，弗求弗迪。维彼忍心，是顾是复。民之贪乱，宁为荼毒。

看那丛林苍莽莽，鹿群嬉戏多欢畅。朋友之间却相谗，没有诚心不善良。也听前人这样讲：是进是退两为难。

唯这圣人眼明亮，目光远大百里望。那种愚人真可笑，独自高兴太狂妄。不是我们不能说，为何顾忌心惶惶？

唯有这人心善良，无所求取没欲望。但是那人太忍心，变化反覆总无常。百姓如今似好乱，实因恶政苦难当。

[太傅开讲]

齐国的大臣田常杀了齐简公，要全国人发誓效忠他。他说道：“不发誓效忠的人就处死他们全家。”

有个叫石他的士人说：“在古代，服务于国君的人会为国君而死，如果背弃国君而保全自己的家庭，就不能算是忠诚。可是为了国君，而使家人受害，又不能算是孝顺。我石他不能做不忠不孝的人，但是不发誓，这就等于杀了我全家啊！如果顺从田常而发誓，这是背弃国君。哎呀！生在动荡的年代，没有办法依照正确的道德标准行事；被凶残的人胁迫，没有办法成全道义，悲哀啊！”

最后，石他和其他人一起发誓效忠田常，避免了累及父母。但他回来以后，拔剑自杀了，以此表达对国君的忠诚。听说这件事的人评论说："真是个有德行的人啊！坦然地接受命运的安排！"

《诗经》上说："人亦有云，进退维谷。（人们经常这么说，进退两难真苦闷）"说的就是石先生啊。

依贤人方可脱困

瞻卬（节）

天何以刺？何神不富？舍尔介狄，维予胥忌。不吊不祥，威仪不类。人之云亡，邦国殄瘁。

苍天为何责罚苦？神灵为何不庇护？元凶顽敌全不顾，只是对我相忌妒。人们遭灾不怜悯，纲纪败坏装糊涂。良臣贤士尽逃亡，国运艰难将倾覆。

[太傅开讲]

《易经》上说：“被石头挡住去路，脚踏在蒺藜上，回到家中看不见妻子，这都是不吉利的征兆。”（《易经·困卦·六三爻辞》）这段话的意思，就是陷于困境而得不到贤人帮助。

秦穆公因为殽山之战而陷入困境，赶紧依靠五羊大夫（指百里奚，被秦穆公用五张羊皮从他国赎回）、蹇叔、公孙友的辅佐，从而小范围地称霸于诸侯；晋文公因为被父亲的宠妃骊氏陷害而处境艰难，连忙依靠咎犯、赵衰、介子推的辅佐，最后当上国君；越王勾践被吴国战败被包围在会稽山，连忙依靠范蠡、大夫种的辅佐，而在南部称霸；齐桓公与鲁国在长勺战败，连忙依靠管仲、宁戚、隰朋的辅佐，从而匡合天下诸侯。这些都是陷入困境却知道赶紧依靠贤人的力量改变局势的人。那些陷入困境却不依靠贤人的辅佐而没有灭亡的情况，从来没有出现过。

《诗经》上说：“人之云亡，邦国殄瘁。”说的就是没有人才辅佐的情况。

孟子辩善之为善

瞻 昂

觱沸槛泉，维其深矣。心之忧矣，宁自今矣？不自我先，不自我后。藐藐昊天，无不克巩。无忝皇祖，式救尔后。

沸腾奔涌泉水边，汩汩流淌渊源深。忧国忧时心悲伤，难道才从今日始？我生之前无恶政，施行之际我未死。苍茫上天自高远，万物都要受约束。莫让祖宗受耻辱，悔改才能救后嗣。

[太傅开讲]

孟子去游说齐宣王，结果惹得他很不高兴。淳于髡在旁边作陪，孟子对他说："今天去游说你的国君，国君很不高兴啊！我在想，是他不知道好的东西何以为好吧！"

淳于髡回答说："先生你也实在是没有什么好的谏言。过去瓠巴鼓瑟，水里的鱼都游出来听；伯牙弹琴，驾车的马都仰起头听乐，把刚在嚼的草料都喷出来；鱼和马都知道什么是好的，何况是国君。"

孟子说："打雷的时候，把竹子树木都劈断了，雷声传遍天下，而始终不能让耳聋的人听见；太阳和月亮的光芒照遍天下，而不能使眼瞎的人看见。现在你的国君就是这样的情况。"

淳于髡反驳说："不是这样的。从前揖封住在高商，使齐国人喜欢歌唱；杞梁的妻子为她丈夫伤心的哭泣（她的丈夫战死，她向城墙哭泣，七日后城墙崩塌），而被人歌颂。好听的声音，再细微也不会听不见，善行，再隐秘也不会不留痕迹。先生如果真的是贤人，为什么住在鲁国而鲁国变弱了呢？”

孟子回答说：“国君不用贤人，根本就没有强大起来过，连说削弱的资格都没有。大得能吞下舟船的大鱼不会居住在水潭里，讲原则有贤能的人不会留在污浊的社会里。就如秋菊，到了冬天一定会凋谢。我也是处于这样的时代啊。”

《诗经》上说：“不自我先，不自我后。（祸乱不先也后，恰恰与我同时长）”难道不是在说这个衰败的世道吗？

王者不欺弱避强

烝民

人亦有言，柔则茹之，刚则吐之。维仲山甫，柔亦不茹，刚亦不吐。不侮矜寡，不畏强御。

人亦有言，德輶如毛，民鲜克举之，我仪图之，维仲山甫举之。爱莫助之。衮职有阙，维仲山甫补之。

有句老话这样说："柔软东西吃下肚，刚硬东西往外吐。"与众不同仲山甫，柔软东西他不吃，刚硬东西偏下肚。鳏夫寡妇他不欺，碰着强暴狠打击。

有句老话这样说："德行如同毛羽轻，很少有人能高举。"我细揣摩又核计，能举起唯有仲山甫，别人爱他难相助。天子龙袍有破缺，独有仲山甫能弥补。

[太傅开讲]

楚庄王攻打郑国，郑国战败。郑国国君赤裸着上身，左手拿着旌旄，右手拿着祭祀割肉用的鸾刀呈给楚庄王，用这种方式表示臣服。他对庄王说："我得罪了贵国镇守边疆的大臣，因此犯了天大的罪过，让您这大国的国君很生气，大老远地到这里来兴师问罪。"

楚庄王安抚郑国国君说："我身边的佞臣进了谗言，所以使我略微进入贵国部分地界，能够和您见面。"

庄王接受郑国的臣服，指挥楚军后撤七里。将军子重劝谏庄王说："我们国都郢在郑的南面相隔数千里，大夫战死者好几个，下面更是死了数百人，现在攻克却不占用，恐怕很浪费国力啊！"

庄王回答他说："我听说，古时候国家不到很富足的时候，不会动用军队去其他地方，所以有德行的人重视礼仪而轻视钱财，重要的是人心而不是土地，别人已经告饶顺从却不放过他，这样的做法是很不对的。如果这件事情我处理得不对，灾难肯定会降临到我身上，那又能得到些什么呢？"

不久，晋国救援郑国的军队到了，要求和楚国一战，楚庄王应允了对方的要求。将军子重劝谏楚王说："晋国是一个强国，而且它离郑国近而军队强大，楚军已经疲惫了，国君不要答应他们的挑战。"

庄王说："不是这样的。对强大的国家我就躲开，对弱小的国家我就去威慑。传出去的话，我在诸侯中就无法立足于天下了！"

他把撤退的军队开回来，亲自拿着鼓槌击鼓，鼓舞军士作战。结果晋国军队大败，士卒逃亡的人争着抢船，先上船的人为了开船，把后面抢着上船的人扒在船舷上的手指砍断，河水中断掉的手指几乎可以用手捧起来。

庄王看到这种情景，感伤地说："哎！我们两国国君的矛盾何必累计无辜的百姓呢？"

于是，他下令楚军撤退，放了晋国的残兵败将一条生路。

《诗经》上说："柔亦不茹，刚亦不吐。（软的东西不强吃，硬的东西也不吐）"

子夏论勇

相　鼠

相鼠有皮，人而无仪！人而无仪，不死何为？

相鼠有齿，人而无止！人而无止，不死何俟？

相鼠有体，人而无礼！人而无礼！胡不遄死？

请看老鼠还有皮，可是有人没威仪。既然做人没威仪，不死还干什么呢？
请看老鼠还有齿，可是有人没行止。既然做人没行止，等待什么还不死？
请看老鼠还有体，可是有人不懂礼。既然做人不懂礼，何不赶快死了去？

[太傅开讲]

卫灵公大白天睡觉，醒来以后却感觉精神反而更差了，于是派车夫驾着车去找勇士公孙悁，想询问有什么办法强健。

车夫在路上碰到掌管朝中觐见和外交事务的卜商（字子夏，孔门十哲之一），子夏问他："你为什么驾车跑得这么飞快？"

车夫回答说："国君白天睡觉刚醒过来，让我去召勇士公孙悁来。"

子夏说："如果不是公孙悁，但是英勇和他差不多的人可以吗？"

车夫说："也可以啊。"

子夏说："你带我回宫吧。"

回到宫中以后，卫灵公生气地问车夫："我让你去叫勇士，你怎么给我带了个儒生回来？"

使者讲述了经过，卫灵公说："好吧。那就请先生入座，你再赶快去找公孙悁来。”

不一会儿工夫公孙悁来了。他已经知道了前面发生的事情，所以一进门就拿着剑大声叫到：“卜商你下来，你的人头我要定了。”

子夏对着他呵斥道：“呔！把剑放回去，我要和你讨论下什么是勇敢。”

卫灵公于是让公孙悁把剑入鞘来到殿上。子夏说：“来，我们说一说，我曾经和你一起和国君到西面去见赵简子，简子披散着头发，拿着长矛和我们国君相见。有一个人从 13 个随从后面跑出来，对简子说：‘诸侯相见，不应该不穿朝服，若不更换朝服，我就和你以死相拼，把我脖子上的血溅在你衣服上。’使赵简子不得不回去穿上朝服，然后再见我们的国君。这个人是你呢还是我呢？”

公孙悁说：“是你啊！”

子夏说：“这是你不如我勇敢的第一个表现。又有一次，我和你一起跟随国君到东面的阿地去见齐王。齐王坐两层垫子的座位，而我们的国君只有一层。有一个人从 13 个随从后面跑出来说：‘按照礼法，诸侯相见不应该用这种居高临下的态度。’直接伸手抽下齐王一层坐垫。这个人是你呢还是我呢？”

公孙悁说：“是你啊！”

子夏说：“这是你不如我勇敢的第二个表现。还有一次，我和你一起跟随国君去狩猎，有两只野兽一起追赶我们国君，拔出长矛奋力抵抗的人，是你还是我呢？”

公孙悁曰：“是你啊！”

子夏说：“这是你不如我勇敢的第三个表现。士人之所以可贵的地方，对上可以让大国的国君有所忌惮，对下又不会凌辱普通人；对外保持外交尊严，使敌人不能侵犯，对内又禁绝伤害的事件发生，而让国君没有危险。这是作为士人的长处，是有德行的君子受人尊敬的原因。如果利用自己的武力去欺负弱势群体，凭借人多欺压少数人，蹂躏无辜的人民，在街坊小巷里逞威风的一类人，是士人最痛恨的，是有德行的人最厌恶的，也是人民最想消灭的人。《诗经》上说：‘人而无仪，不死何为?’你还凭什么在国君面前谈论勇敢呢?”

灵公听了离开席位，低下头对子夏说：“我虽然愚钝，也赞佩先生您的勇敢。”

《诗经》上说：“不侮矜寡，不畏强御。(见了鳏民不欺侮，见到强暴不退让)”（出自《烝民》）说的就是子夏这样的人啊!

圣贤以德解忧

卷阿

有卷者阿，飘风自南。岂弟君子，来游来歌，以矢其音。

伴奂尔游矣，优游尔休矣。岂弟君子，俾尔弥尔性，似先公酋矣。

曲折丘陵风光好，旋风南来声怒号。和气近人的君子，到此遨游歌载道，大家献诗兴致高。

江山如画任你游，悠然自得且暂休。和气近人的君子，终生辛劳何所求，继承祖业功千秋。

[太傅开讲]

对孔子生平有所了解的人大约都知道，孔子有个命中的克星叫阳虎。阳虎又名阳货，姬姓，是鲁国季孙氏家臣，一度以陪臣的身份执掌鲁国国政。按《史记》上的说法，阳虎与孔子长得极像。孔子“生而首上圩项”“长九尺有六寸”。依今天的标准衡量，阳虎与孔子都生得体形高大而且面相怪异，令人过目难忘。

阳虎曾经在未知会匡人的情况下，擅自带兵经过匡地去郑国，因而得罪了当地的长官匡简子。后来孔子经过匡地，匡简子看到孔子长得和他想杀的阳虎相似，误以为是阳虎，于是带军队包围了孔子的住处。孔子的弟子子路很生气，拿着戟就想冲出去和敌人搏斗。

孔子阻止他说：“仲由，为什么那么缺乏仁义呢？这是因为诗书读得不够，礼乐没学好，这是我当老师的过错啊！我不是阳虎，却当我是阳虎，这不是我的错，是我的命运如此。我唱歌，你和我一起唱。”

于是子路放声歌唱，孔子同声相和。他们唱完三首，匡简子知道找错了人，包围就撤掉了。

《诗经》上说：“来游来歌。（和君子一起游玩歌唱）”就是说如果与伟大的道德相和，即使什么也不做，也能把事情解决。

见其诚心，金石为开

常武（节）

王旅啴啴，如飞如翰，如江如汉。如山之苞，如川之流。绵绵翼翼，不测不克，濯征徐国。

王犹允塞，徐方既来。徐方既同，天子之功。四方既平，徐方来庭。徐方不回，王曰还归。

王师强大兵马众，迅捷如鸟掠长空，势如江汉水汹涌。如山之基难动摇，如川之流滚滔滔。军营绵绵排列齐，战无不胜难知底，大力征讨定淮夷。

王的谋略无不中，徐国投降来归从。徐国臣服成一统，胜利应是天子功。四方叛逆已平定，徐国入觐来王庭。徐国改邪已归正，王命班师返京城。

[太傅开讲]

楚国熊渠子自小喜爱射箭。刚开始练射箭的时候，他的力气很小，稍微强硬些的弓就拉不动。经过刻苦的训练，他的箭法已经十分熟稔，有人对他说："你现在是靠技巧射箭，还不算高明，应该靠心去射每一支箭，那才是真功夫。"

一天夜里，熊渠子独自一人在山路上行走，猛然看见前面不远处伏着一只老虎。他迅速取弓搭箭对准老虎，拉满弓一箭射去。"嗖"一声之后，全无一点动静。他大步走过去一看，不由哑然失笑，原来是一块大石头卧在路上，而那支箭竟然射进坚硬的石头里去了。

这件事很快传开了，人人夸赞他箭术高明，以前勉励过他的那个人说：

“这不仅因为熊渠子力气大，箭法好，更因为他集中精力，以必胜的信心去迎战对方，所以，巨石也被射开了。”

真诚专注的力量能贯穿石头，更何况是感化人心呢？君主有建议没有人响应，有行动没有人支持，肯定是人格上有欠缺的地方。君主能够不离开自己的位置就能平定天下，那是因为能够对自己的不断自我鞭策。孔子说：“君主自己能做好，下面的人不去刻意要求也能自己做好；自己做不好，就算天天三令五申下面也不会端正行为。”古代贤明的君主，动一下手指就能调度指挥就让四方臣服，实在是道德修为达到了极致的表现啊！

《诗经》上说：“王猷允塞，徐方既来。”

立威三术

召旻（节）

旻天疾威，天笃降丧。瘨我饥馑，民卒流亡，我居圉卒荒。

天降罪罟，蟊贼内讧。昏椓靡共，溃溃回遹，实靖夷我邦。

老天暴虐难提防，接二连三降灾荒。饥馑遍地灾情重，十室九空尽流亡，国土荒芜生榛莽。

天降罪网真严重，蟊贼相争起内讧。谗言乱政职不供，昏聩邪僻肆逞凶，想把国家来断送。

[太傅开讲]

一般来说，管理者建立威严的手段有三种：有道德的方式，有暴急明察的方式，有夸大荒诞的方式，这三种方式不可不仔细比较。

什么是道德的方式呢？就是说："修治礼乐，上下的职位次序分明；施政方略符合实际情况，对贪图利益的人施以刑法。如果这样做，百姓就把他当帝王一般尊敬，如父母一般亲切，似神明一般敬畏，所以不用他奖赏而人民能够勉励自己努力工作，不用刑法而威信广布天下，这就是道德的威严。"

什么是暴急明察的方式呢？就是说："不修治礼乐，也分不清上下关系，施政措施也不符合实际，对贪图利益的人也不加以惩处，然而他对违法的行为严厉禁止，对不服从他的人严加审讯，他的惩罚说到做到，他的行刑的手段残忍而坚决，这种恐怖，像雷电般打击，像墙一样压在身上。不去管百姓，百姓就对官员不尊敬，把人抓起来，百姓就都围在一起，听说国君派人来了，又都跑散了，不用法度慑他们，不用酷刑诛杀他们，就没有办法管理好下面这些百姓，这就是暴急明察的威严。”

什么是夸大荒诞的方式呢？就是说：“没有关爱他人的想法，不做有利于他人的事情，而是天天做那些扰乱社会的事情，百姓发出不满的声音，就抓来把他们烧死，做的事情不得人心，又违背社会发展规律，所以洪涝或干旱灾害时常发生，农作物没有收成，百姓既受着统治者压迫的困苦，又经历着生活的窘迫，心中的苦楚没有地方倾诉，大家结伴背井离乡，国家马上就要崩溃了，这就是夸大荒诞的威严。

道德树立的威严能够使国家强大，暴察树立的威严能够削弱国家，狂妄树立的威严能够使国家灭亡。同样是树立威严，但效果和给国家带来的祸福的程度，相差太大了，所以不能不仔细地加以认识。”

《诗经》上说：“昊天疾威，天笃降丧，瘨我饥馑，民卒流亡。(国君暴虐难提放，接二连三降灾荒，饥饿遍地灾荒重，十室九空尽流亡)”

贤士在精不在多

小旻（节）

我龟既厌，不我告犹。谋夫孔多，是用不集。

发言盈庭，谁敢执其咎？如匪行迈谋，是用不得于道。

占卜灵龟已厌倦，谋划再不向我谈。谋臣策士实在多，就是没有好意见。

议论纷纷满庭中，指出弊病有谁敢！就像谋划要远行，真到路上没效验。

[太傅开讲]

晋平公是春秋时期一位有名的国君，他政绩不凡，也喜欢向贤能者学习。有一次，他坐船在河上游玩得很快乐，感慨地说："从哪儿可以找到合格的贤士和我一起分享这快乐啊！"

划船的盍胥跪下回答说："国君您不喜欢贤士啊！江河大海出产明珠，昆仑山出产美玉，它们都没有脚却能来到您面前，是因为国君喜欢啊。贤士有脚却不到您身边，是因为国君没有喜欢他们的意思。喜欢贤士的人，就不会担心没有贤士。"

平公说："我养的食客如果集合起来，门左边站一千个，门右边站一千个；早上食物不够，晚上就去市场收税补足；晚上食物不够，早上就去市场收税补足。我能说我不喜欢贤士吗？"

盍胥回答说："这鸿鹄挥动一下翅膀就能飞千里，所凭借的就是六根粗大的主羽；至于背上的羽毛和腹下的绒毛，多一把也不会因此飞得更高，少一把也不会因此飞得更低。现在国君的食客左右各有一千人，其中有六根粗大的主羽在里面吗？恐怕都是一些绒毛吧？”

《诗经》上说：“谋夫孔多，是用不集。（参谋顾问一大串，没有一个是贤士）”

卷七

君不如父重

四　牡

四牡騑騑，周道倭迟。岂不怀归？王事靡盬，我心伤悲。

四牡騑騑，啴啴骆马。岂不怀归？王事靡盬，不遑启处。

翩翩者鵻，载飞载下，集于苞栩。王事靡盬，不遑将父。

翩翩者鵻，载飞载止，集于苞杞。王事靡盬，不遑将母。

驾彼四骆，载骤骎骎。岂不怀归？是用作歌，将母来谂。

四匹公马跑得累，道路悠远又迂回。难道不想把家回？公家差事没个完，我的心里好伤悲。

四匹公马跑得疲，黑鬃白马直喘气。难道不想把家回？公家差事没个完，哪有时间家中息。

鹁鸪飞翔无拘束，忽高忽低多舒服，累了停歇在柞树。公家差事没个完，哪有时间养老父。

鹁鸪飞翔无拘束，飞飞停停真欢愉，累了歇在枸杞树。公家差事没个完，哪有时间养老母。

四骆马车扬鞭赶，马蹄得得跑得欢。难道不想把家回？将这编首歌儿唱，儿将母亲来思念。

[太傅开讲]

齐宣王是齐国后期一位很有作为的国君，以广纳贤士、善听诤言而闻名。他复兴了齐桓公时创立的稷下学宫。作为古代最早的学术活动和政治咨议中心，稷下学宫建于国都稷门之下，延续了一百四五十年之久，在齐宣王之际重新开始兴盛。齐宣王先后倾听过稷下学者田过、王斗、闾丘邛、香居等人的忠告和诤言。

有一次，齐宣王对问田过：“我听说：儒士的父母去世，要戴孝三年。那么国君和父亲对他们来说哪个更重要呢?”

田过回答说：“国君大概没有父亲重要吧。”

齐宣王有点儿气愤地说：“如果照你这么说，为什么儒士们还要离开父母来为国君效力呢?”

田过回答说：“如果没有国君的土地，就没有地方安置我的父母，如果没有国君的俸禄，就没有办法奉养我的父母，如果没有国君封赐的爵位，就没办法让我的父母享受尊贵；用心为国君做事，得到的赏赐都希望让我的父母享受，大家都是为了父母才来服务于国君的呀!”

齐宣王听后感到不悦，但却无话可说。

《诗经》里说：“王事靡盬，不遑将父。”

慎其所之，不任以辞

烝民（节）

仲山甫出祖。四牡业业。征夫捷捷，每怀靡及。四牡彭彭，八鸾锵锵。王命仲山甫，城彼东方。

四牡骙骙，八鸾喈喈。仲山甫徂齐，式遄其归。吉甫作诵，穆如清风。仲山甫永怀，以慰其心。

仲山甫出行祭路神，四匹公马力强劲。车载使臣匆匆行，常念王命未完成。四马奋蹄彭彭响，八只鸾铃声锵锵。周王命令仲山甫，督修齐城赴东疆。

四匹公马蹄不停，八只鸾铃响叮叮。仲山甫赴齐去得急，早日完工回朝廷。吉甫作歌赠穆仲，乐声和美如清风。仲山甫临行顾虑多，宽慰其心好建功。

[太傅开讲]

赵王派一位使者出使楚国，亲自鼓瑟相送，并嘱咐他说：“你要谨慎行事，到了楚国，不要忘记说寡人告诉你要说的话。”

使者听了以后，拜伏在地上说：“大王以前弹瑟，从来没有像今日如此悲伤啊，这是什么原因呢?”

赵王说：“寡人我心中忧闷，所以音律不调和。”

使者说：“那调节好音律，就可以把各个瑟柱的差别记下来了。”

赵王说：“难哦！天气有干燥和潮湿的分别，琴弦有缓慢和快疾的差异，瑟柱会随着天气而转变，是不能记下来的。”

使者说：“请允许我借这件事情做个比喻。楚国和赵国之间相距一千多里，楚国也会随时有吉凶等事情发生，如果发生了凶事，我就吊唁，如果发生吉事，我就加以庆贺，这就像瑟柱会随着天气而转变一样，不能记下来。所以国君派遣使者，可以十分谨慎地选择，但是不用告诉他应该说什么话。”

《诗经》里说：“征夫捷捷，每怀靡及。”这就是因为上面的人过分干预，束缚住了下面的人的手脚，使得他们不能尽施所能。

荐人之术

出车（节）

喓喓草虫，趯趯阜螽。未见君子，忧心忡忡。既见君子，我心则降。赫赫南仲，薄伐西戎。

春日迟迟，卉木萋萋。仓庚喈喈，采蘩祁祁。执讯获丑，薄言还归。赫赫南仲，猃狁于夷。

草虫咕咕鸣叫，蚱蜢蹦蹦跳跳。没见想念的人，内心忧思萦绕。见到想念的人，心中郁闷全消。威风凛凛南仲，将那西戎打跑。

春日缓行天宇，花木丰茂葱郁。黄鹂唧唧歌唱，女子采蒿群聚。押着俘虏审讯，高高兴兴回去。威风凛凛南仲，猃狁全被驱除。

［太傅开讲］

汉朝时，齐国有两个隐士东郭先生和梁石君。当时齐国的宰相是曹参曹相国。有人对蒯通说：“东郭先生和梁石君是当代的贤才，隐居在深山里，始终不愿为了求官而屈折自己的气节。我听说先生能够见到曹相国，希望先生能够先向曹相国推荐他们。我家附近有个妇人和一位老太太关系很好，妇人被怀疑偷了家里的肉，她的婆婆把她赶了出去，妇人很怨恨，就去告诉了老太太。老太太说：‘你慢慢地走，我让你的婆婆来找你。’老太太捆了一把乱麻，去请求借个火种，到了妇人家中，对她的婆婆说：‘我家的狗为了争抢肉，相互咬死了，请借个火种给我烹炖了它们。’妇人的婆婆立马让别人去追妇人，找她回来。我家附近的老太太不是擅长说辞的人，捆一把乱麻，去请求借个火种，似乎也不是让妇人回家的办法。然而事物之间都是有联系的，处理事情总会有方法，为什么你不先向相国推荐他们呢？”

蒯通说：“明白了。我虽然愚笨帮不上大忙，但我会尽力为东郭先生和梁石君捆一把乱麻，向相国借个火种的。”

于是蒯通去见了曹参，说：“在我所住的附近，有丈夫死了三天就改嫁的女人，也有终生都没有再嫁的人，如果您要是娶妻的话，会娶哪一种呢？”

曹参说：“我会娶那种终生不改嫁的人。”

蒯通说：“齐国有东郭先生和梁石君这两位隐士，是当代的贤良人才，隐居在深山里，始终不愿为了求得一个官位而违心改变志向。相国您娶妻想娶那种终生不改嫁的人，找臣子却唯独不找那种不愿意屈志求官的人吗？”

于是曹参便让蒯通带着衣帛礼物，驾着车子去接东郭先生和梁石君，用很高的礼遇招待他们。

《诗经》里说：“既见君子，我心则降。（已经见到了君子，我就放下心来了）”

周公三变以应时

裳裳者华

裳裳者华，其叶湑兮。我觏之子，我心写兮。我心写兮，是以有誉处兮。

裳裳者华，芸其黄矣。我觏之子，维其有章矣。维其有章矣，是以有庆矣。

裳裳者华，或黄或白。我觏之子，乘其四骆。乘其四骆，六辔沃若。

左之左之，君子宜之；右之右之，君子有之。维其有之，是以似之。

花儿朵朵在盛开，叶儿繁茂长势旺。我遇见了那个人，我的心啊真舒畅。我的心啊真舒畅，于是有了安乐的地方。

花儿朵朵在盛开，鲜亮艳丽黄又黄。我遇见了那个人，他的服饰有文章。他的服饰有文章，于是有了喜庆的排场。

花儿朵朵在盛开，有黄有白多娇艳。我遇见了那个人，四匹黑鬣白马驾在前。四匹黑鬣白马驾在前，六根缰绳光滑又柔软。

要向左啊就向左，君子应付很适宜。要向右啊就向右，君子发挥有余地。因他发挥有余地，所以后嗣能承继。

[太傅开讲]

周公是西周初期杰出的政治家、军事家，姓姬名旦，是周文王第四子，武王的弟弟，曾两次辅佐周武王东伐纣王，并制作礼乐。因其采邑在周，爵为上公，故称周公。

孔子对周公十分推崇，他评价说："周公服务于他的父亲文王的时候，做什么事都不自己一个人独断，身体好像连衣服的重量都不能承受，话好像说不出口一样，有时捧着东西在文王面前，恭敬认真得好像东西随时会掉下来一样，真是一位大孝子。武王去世的时候，成王年纪还小，周公继承文王和武王的功业，履行天子的职位，处理天子的政务，征服各族的叛乱．诛杀了管叔鲜，流放了蔡叔度，抱着成王朝见诸侯，诛杀赏赐，制定刑罚，决断事务，完全自己决定。他的威名传遍天下，让天下人都敬畏，真是威武啊。成王长大了，周公把权力交还给文王，以臣子的身份继续服务于文王，做事先请示文王再去施行，并没有自矜骄傲的表情，可以说是良臣啊。所以说周公能三次改变他的作为，都是为了顺应时情。”

《诗经》里说：“左之左之，君子宜之；右之右之，君子有之。”

孔子谈务学与机遇

鹤 鸣

鹤鸣于九皋，声闻于野。鱼潜在渊，或在于渚。乐彼之园，爰有树檀，其下维萚。他山之石，可以为错。

鹤鸣于九皋，声闻于天。鱼在于渚，或潜在渊。乐彼之园，爰有树檀，其下维谷。他山之石，可以攻玉。

幽幽沼泽仙鹤鸣，声传四野真亮清。深深渊潭游鱼潜，有时浮到渚边停。在那园中真快乐，檀树高高有浓阴，下面灌木叶凋零。他方山上有佳石，可以用来磨玉英。

幽幽沼泽仙鹤唳，鸣声响亮上云天。浅浅渚滩游鱼浮，有时潜入渊潭嬉。在那园中真快乐，檀树高高枝叶密，下面楮树矮又细。他方山上有佳石，可以用来琢玉器。

[太傅开讲]

孔子带弟子周游列国，困于陈国和蔡国之间，处境艰难。他很多天没有吃饭了，他喝的藜菜汤里都没有米，学生因为饥饿而脸色很差，但他仍然未停止读书学习，席前一直放着《易》《诗》和《春秋》等。

子路上前发牢骚说："做好事的人，上天会用福泽报答他；做坏事的人，上天会降给他灾祸。如今老师您积累仁德，做好事已经很久了，现在被困在这里，您是不是还有什么遗漏的好事没做，不然为什么还会遭此难言之事？"

孔子说："仲由！你是个没有见识的小人，没有明白处事的道理。坐下，我告诉你：你以为聪明的人就没有罪过了吗？那么王子比干为什么会被挖心而死；你以为仁义的人说的话大家都会听吗？那么伍子胥为什么会被挖去眼睛，挂在吴国的东门上；你以为清廉的人就会被重用吗？那么伯夷叔齐为什么会饿死在首阳山上；你以为忠实的人就会被重用吗？那么鲍叔牙为什么不被任用，叶公子高一辈子都没有做官，鲍焦抱着树木哭泣，介子推登上山被火烧死。品德高尚的君子学识广博，计谋深远，没有遇到好时机的人很多，又岂止是我一个人呢？贤良和不贤良的人，这是由一个人的品性才干决定着的，遇到时机和遇不到好的君主，这是时机，如今没有时机，就算有贤德又到哪里用啊！所以说虞舜在历山的南面种田，被推举为君主，是因为他遇到了尧；傅说背着泥土筑墙，被任用为士大夫，是因为他遇到了武丁；伊尹原来是有莘氏的仆人，背着食鼎，拿着砧板，烹调五味，被任命为卿相，是因为他遇到了商汤；吕望50岁的时候，在棘津卖吃的，70岁的时候，在朝歌做屠夫，90岁的时候做了天子的老师，是因为他遇到了文王；管仲被绑在囚车上，后来被尊为仲父，是因为他遇到了齐桓公；百里奚把自己卖了换五张羊皮，为秦伯放牛，被任用为士大夫，是因为他遇到了秦穆公；虞丘的声名天下人都知道，他做楚国的令尹，让位给孙叔敖，是因为他遇到了楚庄王；伍子胥之前有很多功绩，后来被杀死，并不是他的智慧先后有高低，而是之前他遇到了阖闾，之后遇到了夫差。良马拉着装盐的车子，并不是因为它没有良马的外貌，而是没有人知道，所以良马没有遇到伯乐，怎么能展现它一日千里的脚，造父也展现不出他驾驭千里马的手了。兰花香草生长在茂密的树林中、幽深的山谷间，人们没见过它们，所以不知道它们的芬芳，好学的人并不是为了通达，是为了在贫穷的时候不会困惑，在忧愁的时候意志不会衰弱，预先知道灾祸和福事的由来，内心就没有困惑了。所以圣人隐居起来，思想深远，有独到的听闻和见解。舜也是贤德的圣人，他坐在天子的位子上治理天下，因为他遇到了唐尧。如果让舜身处在夏桀商纣的时代，能让自己不受刑罚杀戮，就已经很不错了，哪里能得到天子的位子呢？夏桀杀关龙逢，商纣杀王子比干，在那个时候，难道是关龙逢没有智慧，王子比干不聪明吗？这都是没有遇到好的时机啊。所以君子勤学致知，修养身心，端正自己的行为，以等待恰当的时机，你不要再困惑了！”

《诗经》上说：“鹤鸣于九皋，声闻于天。(白鹤身在沼泽叫，鸣声嘹亮传九霄)”

千羊之皮，不若一狐之腋

小旻（节）

我龟既厌，不我告犹。谋夫孔多，是用不集。发言盈庭，谁敢执其咎？如匪行迈谋，是用不得于道。

哀哉为犹，匪先民是程，匪大犹是经。维迩言是听，维迩言是争。如彼筑室于道谋，是用不溃于成。

占卜灵龟已厌倦，谋划再不向我谈。谋臣策士虽然多，就是没有好意见。议论纷纷满庭中，指出弊病有谁敢？就像谋划要远行，真到路上没效验。

如此谋划我悲痛，古圣先贤不效法，常规大道不遵从。近僻之言王爱听，肤浅之见纷聚讼。就像官室建路上，当然不会获成功。

[太傅开讲]

春秋时，晋国正卿赵简子有一位家臣叫周舍，喜欢直谏。

有一次，周舍站在简子的府外三天三夜不离开。赵简子派人去问他：“你想见我是有什么事情吗?”

周舍回答说：“我希望做一个直言进谏的臣下，拿着笔墨木片记着国君的过失，每天都记载的话，您在一个月之后就会有变化，一年之后就可以看到良好效果了。”

赵简子同意了他的请求。从那以后，赵简子待在哪儿，周舍就在哪儿，赵简子去哪儿，周舍就去哪儿。后来周舍去世了，赵简子伤心得好像自己的儿子去世了一样。

后来，赵简子和士大夫们在洪波台上饮宴，喝得正高兴的时候，赵简子突然伤心落泪，在座的士大夫们纷纷离席谢罪说："如果我们有过错而不自知，请指出来。"

赵简子说："各位大夫们都没有过错。从前，我的家臣周舍说过：'一千只羊的皮毛，不如一只狐狸腋下的皮毛；众人的唯唯诺诺，不如一人的直言进谏。商纣因为臣子们默不敢言而衰亡，武王因为臣子们直言进谏而昌盛。'自从周舍去世后，我再没听到别人指出过我的过失，恐怕我过不了多久就要灭亡了，所以我才伤感落泪。"

《诗经》上说："谋夫孔多，是用不集。"

晏子论社鼠之患

正　月

正月繁霜，我心忧伤。民之讹言，亦孔之将。念我独兮，忧心京京。哀我小心，癙忧以痒。

父母生我，胡俾我瘉？不自我先，不自我后。好言自口，莠言自口。忧心愈愈，是以有侮。

忧心茕茕，念我无禄。民之无辜，并其臣仆。哀我人斯，于何从禄？瞻乌爰止，于谁之屋？

瞻彼中林，侯薪侯蒸。民今方殆，视天梦梦。既克有定，靡人弗胜。有皇上帝，伊谁云憎？

四月时节繁霜降，霜降失时心忧伤。民心已乱谣言起，谣言传播遍四方。独我一人愁当世，忧思不去萦绕长。可怜担惊又受怕，忧思成疾病难当。

父母生我不逢时，为何令我遭祸殃？苦难不早也不晚，此时恰落我头上。好话既都嘴里说，坏话也全口中讲。忧心忡忡不合时，因此受辱遭中伤。

郁郁不乐心里忧，想我没福能消受。平民百姓无罪过，也成奴仆居末流。可悲我们若亡国，利禄功名哪里求？看那乌鸦将止息，飞落谁家屋檐头？

远望树林成一片，粗细只能当柴烧。百姓正在危难中，上天昏睡不知道。如果天命已确定，没人抗拒能奏效。天帝皇皇最英明，究竟恨谁请相告？

[太傅开讲]

齐景公向晏子询问：“治理国家需要防止哪些祸患？”

晏子回答说：“要担心社庙里的老鼠。”

齐景公问："什么是社鼠呢？"

晏子回答说："社庙里的老鼠到外面偷东西吃，回来住在社庙里，用水灌怕冲坏墙壁，用烟火熏怕烧毁木头，这就是社鼠的危害。如今国君的亲信大臣，在朝廷外出卖国君以求得利益，在朝廷内依靠着国君，所以没有受到刑罚，国君又包庇佑护着他们，这就是社鼠的危害。"

齐景公说："不是吧？真有这样的事儿？"

晏子说："有个卖酒的人，他卖的酒很美味，门口竖着很高的酒旗，然而直到酒变酸了都卖不出去。他问同乡里的人是什么原因，同乡说：'你的狗很凶猛，有人拿着器皿想去你那买酒，你的狗就冲上去撕咬他，所以你的酒直到变酸了都卖不出去。'士人想向大国的国君进谏，朝廷上掌权的人残害他，这也算是国家的恶狗。国君的亲信大臣像社鼠，任用的掌权的人像恶狗，这是国家最大的忧患啊。"

《诗经》里说："瞻彼中林，侯薪侯蒸。（树林里头密层层，粗干细枝交错生）"说的是朝廷里小人充斥的意思。

权柄不可轻授于人

十月之交（节）

皇父卿士，番维司徒。家伯维宰，仲允膳夫。棸子内史，蹶维趣马。楀维师氏，醯妻煽方处。

抑此皇父，岂曰不时？胡为我作，不即我谋？彻我墙屋，田卒污莱。曰予不戕，礼则然矣。

皇父显要为卿士，番氏官职是司徒。冢宰之职家伯掌，仲允御前做膳夫。内史棸子管人事，蹶氏身居趣马职。楀氏掌教官师氏，美妻惑王势正炽。

叹息一声这皇父，难道真不识时务？为何调我去服役，事先一点不告诉？拆我墙来毁我屋，田被水淹终荒芜。还说“不是残暴，礼法如此不含糊”。

[太傅开讲]

从前，司城子罕在宋国做卿相，对宋王说：“国家的安定或危难，人民的安宁或混乱，都在于国君的行为。赏赐爵位和奉禄，是人民所喜求的，国君要自己去做；用刑法杀戮和惩罚，是人民所厌恶的，我请国君任命我去做。”

宋国的国君说：“好。我受到人民的称赞，你受到人民的厌恶，我知道以后不会被诸侯笑话了。’

不久，人们都知道杀戮的权力掌握在子罕手里，大臣们都亲近他，百姓们都畏惧他。不到一年，子罕赶走宋王，掌控了宋国的政权。

所以老子说：“鱼不可以离开溪流，治理国家的要柄不能让别人知道。”《诗经》里说：“胡为我作，不即我谋？（为什么驱使我，不来跟我商量）”

爵高禄厚，人妒怨归

小宛（节）

交交桑扈，率场啄粟。哀我填寡，宜岸宜狱。握粟出卜，自何能谷?

温温恭人，如集于木；惴惴小心，如临于谷；战战兢兢，如履薄冰。

小青雀叫叽叽叽，沿着谷场啄小米。自怜贫病更无依，连遇诉讼真可气。抓把米去占一卦，看我何时能吉利?

为人恭敬又谨慎，竟像趴在高树上。惴惴不安往下看，如临巨谷深万丈。战战兢兢怕没顶，好像踩在薄冰上。

[太傅开讲]

楚国名臣孙叔敖被楚庄王举用，出任令尹。他辅佐楚庄王施教于民，极为重视民生经济，宽刑缓政，尽力使农、工、贾各得其便，政绩赫然。他也因此深得楚庄王的信任。

有一次，孙叔敖遇见了狐丘丈人。狐丘丈人说："我听说：任何事物有三种益处，就一定会有三种害处，你知道吗?"

孙叔敖闻之动容，问道："我并不是聪明人，怎么能知道呢？冒昧地问一下，什么是三种益处？什么是三种害处?"

狐丘丈人说："爵位高的人，人们会嫉妒他；官职大的人，君主又会担心他的作为；俸禄多的人，人们的怨恨会集中在他身上。三种害处，说的就是这些。"

孙叔敖说："我的爵位越高，我的心态就越谦卑；我的官职越大，我的野心就越小；我的俸禄越丰厚，我对别人施舍的恩惠就越多。我这样做可以消除这些害处吗?”

狐丘丈人说：“好啊！你所说的！尧和舜或许都做不到这一点!”

《诗经》里说：“温温恭人，如集于木；惴惴小心，如临于谷。”

明君之三惧

[太傅开讲]

晋文公即位以后，整顿内政，发展生产，把晋国治理得渐渐强盛起来。

公元前633年，楚国兴兵北进，打败齐国，进攻宋国，宋国向晋求救。晋文公围魏救赵，先出兵攻下了楚国的附庸国卫国和曹国，然后与楚军决战。两军相遇。晋文公下令军队后退90里，驻扎在城濮。楚军见晋军后退，以为对方害怕了，马上追击。晋军利用楚军骄傲轻敌的弱点，集中兵力，大破楚军，焚烧楚军的草舍军营，大火烧了三天都没有熄灭。

晋文公退兵以后，面带忧愁。他身边的人问："国君大胜楚国，但是却表现得很忧愁，这是为什么呢？"

晋文公说："我听说能够战胜敌人，安定国家的，只有圣人，至于用欺诈来获得胜利的人，从来没有不危险的，我担忧的是这个啊。"这就是顺风得意的时候怕自己骄傲。从前，齐桓公得到管仲和隰朋的辅助，面朝南方治理国家，齐桓公说："我有了两位先生，我的眼睛更加明亮，我的耳朵更加聪敏，我不敢一个人擅自裁决事务，让他们施行先祖的政策。"这就是听说了治理天下最好的方法怕不能施行。从齐桓公、晋文公和越王勾践的作为来看，害怕这三种情况发生，是英明的国君所做的事情。"

孔子说："英明的国君害怕三种情况：第一，处在国君这样尊贵的位置，害怕无法听到有人指出的过错；第二，顺风得意的时候，害怕自己会骄傲；第三，听说了治理天下最好的方法，害怕不能施行。从前，越王勾践和吴国作战，大败吴国，兼并了南边的夷族。当时，越王治理国家，亲近的臣子有三人，稍疏远一些的臣子有五人，越王命令所有的士大夫：‘听说了我的过错而不告诉我的人，将受到最大的刑罚。’这就是地位尊贵怕不能听到有人指出过错。”

《诗经》里说：“温温恭人，如集于木；惴惴小心，如临于谷；战战兢兢，如履薄冰。”（出自《小宛》）这说的是国君治理国家的态度。

容人即是容己

小弁

维桑与梓，必恭敬止。靡瞻匪父，靡依匪母。不属于毛，不罹于里。天之生我，我辰安在?

菀彼柳斯，鸣蜩嘒嘒。有漼者渊，萑苇淠淠。譬彼舟流，不知所届。心之忧矣，不遑假寐。

看到桑树梓树林，顿生恭敬与爱心。无时不尊我父亲，无时不恋我母亲。不连皮裘外面毛，不附皮裘内里衬。老天如今生下我，哪里能有好时运?

株株柳树真茂密，上面蝉鸣声声急。深不见底一潭水，周围芦苇好密集。我像小舟在漂流，不知哪里是港湾。忧思充满我心中，打盹的工夫也不停。

[太傅开讲]

春秋时，楚庄王赏赐各位大臣们饮酒，天色晚了，酒喝的很高兴，大家都喝醉了，大殿上的蜡烛熄灭，有人拉扯王后的衣服，王后抓住他的帽带扯断了，对楚庄王说：“刚才蜡烛灭的时候，有人拉我的衣服，我抓住他的帽带扯断了，请点上蜡烛找出那个帽带断了的人。”

楚庄王说：“不要这么做。”他立刻下令说：“和我喝酒，不把帽带弄断，就不尽兴。”因此大家都把帽带扯断没有完好的，不知道王后是把谁的帽带扯断了，楚庄王就和大臣们尽兴饮乐。

后来，吴国发兵攻打楚国，有个人经常冲锋陷阵，和吴国交战多次，冲到对方的阵地里打退敌人，终于俘虏了对方的统帅献给楚庄王。楚庄王很奇怪地问他说："我对先生并没有施予什么特殊的待遇，先生为何如此厚报我？"

那人回答说："我就是先前在大殿上被扯断帽带的人，当时就应当被处死了，我辜负您很久了，一直没有机会为您效命，今天很幸运的有效力的机会，既可以作为臣子报答大王不追究我之前罪过的大义，还可以为国君打败吴国，让楚国变得强大。"

《诗经》里说："有漼者渊，萑苇淠淠。（一泓水渊深又广，荻草芦苇长茂盛）"说的是胸襟宽广的人没有什么容不下的。

得贤者昌，失贤者亡

[太傅开讲]

泄冶是春秋时陈国大夫，为人正直，以直言敢谏著称。

陈灵公十四年（公元前600年），陈灵公荒淫无道，与大夫孔宁、仪行父同时私通陈大夫御叔的寡妻夏姬，并在朝堂之上以此为话题相互戏谑。泄冶听说以后，整衣肃冠来到朝堂，拉着灵公的衣服进谏说："现在主公不推行《周南》的教化，使国中有失节之妇；君臣又戏谑于朝堂之上，廉耻尽丧，体统俱失。君臣之敬，男女之别，沦灭已极！不敬则慢，无别则乱，这是亡国之道也。希望主公一定要悔改。"

灵公汗颜。泄冶离开后，灵公和孔、仪二人商议对策。于是孔、仪二人用重金买通刺客，候泄冶早朝时刺杀了他。事情传扬开以后，大夫邓元便率族人离开陈国。后来灵公终为夏姬的儿子夏征舒所杀，陈国也亡于楚国。

商纣杀死比干，箕子披着头发假装发疯。实际上从那以后，殷朝已经开始被周朝吞并。陈灵公杀死泄冶，邓元和他的族人离开陈国，实际上从那时起，陈国已经开始被楚国灭亡。是因为他们杀掉了比干和泄冶，失去了箕子和邓元。燕昭王得到郭隗、邹衍、乐毅，所以魏国和赵国发动军队攻打齐国，把齐王软禁在莒这个地方。燕国的土地和人口，不能和齐国相比，但是燕国的实力到达这种地步，是因为得到了贤良的人才。

所以，没有本来就长治久安的国家，没有本来就容易治理的人民，得到贤才的国家就会昌盛，失去贤才的国家就会衰亡。从古到今，没有不是这样的。

明亮的镜子，可以用来照映形体是否端正；过去发生的事情，是用来参照今日所为是否正确。知道古代凶恶的国君之所以亡国的原因，却不探究和实践古代国家之所以平安强盛的原因，那就和退着走却想追上前面的人没有不同。姜太公知道这个道理，所以推举微子的后人，修筑比干的坟墓。圣人对于贤人的后代，还这么优待，更何况是那些还活着的贤人呢？

《诗经》上说："昊天太怃，予慎无辜。"（出自《巧言》）

欲得之，必先予之

大东（节）

或以其酒，不以其浆。鞙鞙佩璲，不以其长。维天有汉，监亦有光。跂彼织女，终日七襄。

虽则七襄，不成报章。睆彼牵牛，不以服箱。东有启明，西有长庚。有捄天毕，载施之行。

有人饮用香醇酒，有人水都喝不上。圆圆宝玉佩身上，不是才德有专长。看那天上的银河，照耀灿灿闪亮光。鼎足三颗织女星，一天七次移动忙。

纵然织女移动忙，没有织出好纹章。牵牛三星亮闪闪，不能拉车难载箱。金星在东叫启明，金星在西叫长庚。天毕八星柄弯长，把网张在大路上。

[太傅开讲]

宋燕担任齐国宰相时被罢免职务，他回到家，召集门尉陈饶等26个人说：“诸位大夫，有哪一位可以跟我一起到各国诸侯那儿去呢？”

陈饶等人都伏在地上不回答。宋燕说：“太悲哀了！为什么士人容易得到，却难以让他们效力呢？”

陈饶说：“不是这样的，是您不能重用他们。您不重用他们，他们心里就会感到不平，这是您自己的过错却责备别人。”

宋燕说：“为什么说是我自己的过错却责备别人？”

陈饶说：“你给士人三斗稷的俸禄，根本不够他们吃的。可是您家里养的鹅和鸭却有吃不完多余的栗子，这是您第一点过错；果园里长出的梨、栗子等水果，您家里的妇女们拿来相互投掷戏耍，可是士人却从来没有尝到过，这是您的第二点过错；您家里的绫罗绸缎，把厅堂装饰得奢侈华丽，都被风吹坏了，可是士人连衣服上镶带的一点绸缎都没有，这是您第三点过错。况且钱财是您所轻视的东西，才能是士人所重视的东西。您不能把所轻视的东西给予士人，却想让他们付出最重视的东西，就好像用铅做的刀，却希望它有干将宝剑一样的用途，这不是很难吗？”

宋燕脸上出现惭愧的表情，从席上起身，给席上的人敬了一圈酒后说：“是我的过错呀！”

《诗经》里说：“或以其酒，不以其浆。”

君子先择而后种

无将大车

无将大车，只自尘兮。无思百忧，只自疧兮。

无将大车，维尘冥冥。无思百忧，不出于颎。

无将大车，维尘雍兮。无思百忧，只自重兮。

不要去推那大车，推着它只会蒙上一身灰尘。不要去寻思种种烦恼，想着它只会惹百病。

不要去推那大车，尘土扬起迷眼睛。不要去寻思种种忧愁，想着它便会心神不定。

不要去推那大车，推着它尘埃滚滚蔽日遮天。不要去寻思种种悲伤，想着它就会心事加重。

[太傅开讲]

春秋战国之际，有个叫子质的人，在魏文侯手下做官。有一次，他得罪了魏文侯。这时，他培养提拔的士、大夫、武官，都对子质纷纷落井下石，在魏文侯面前，大讲他的坏话。子质只好投奔北方的赵国。

他对赵简主说："从今以后，我再也不做培养人才的事情了。"

赵简子听了，很是奇怪，问道："为什么呢？"

子质说："我培植的人才，在魏文侯那里，士、大夫、武将各占一半之多。现在，那些士，都在国君面前诽谤我；那些大夫，都用法律恐吓我；那些武将，都用武力威胁我。所以，我不愿再培植人才了。"

赵简子不同意他的看法，叹了一口气，说："你的话讲得不对。要知道，春天种植了桃李，夏天就可以在树荫下乘凉，秋天就可以吃到果实。如果春天种了蒺藜，夏天不能摘取树叶，秋天得到的也只有刺。由此看来，关键在于种植什么。你培养人才的时候，没有选好对象，专门找来那些品性恶劣、忘恩负义之徒，进行培植并予重用，最后落到这一步又能怪谁呢？君子先选择正确的人，然后再栽培他。”

《诗经》里说：“无将大车，维尘冥冥。”

正直者正道如一

小明（节）

嗟尔君子，无恒安处。靖共尔位，正直是与。神之听之，式谷以女。

嗟尔君子，无恒安息。靖共尔位，好是正直。神之听之，介尔景福。

长叹你们这些君子，莫贪图安逸坐享福分。应恭谨从事忠于职守，交正直之士亲近贤人。神灵就会听到这一切，从而赐你们福祉鸿运。

长叹你们这些君子，莫贪图安逸碌碌无为。应恭谨从事忠于职守，与正直之士亲近伴随。神灵就会听到这一切，从而赐你们洪福祥瑞。

[太傅开讲]

正直的人顺应正道做事，顺应道理说话，不会因为生活安定就放纵自己，不会因为情况危急就做出过激的事情。

卫献公曾经外出逃亡，后来回到国家，到了郊外时，准备把封地赏赐给跟随他的人再进城。太史柳庄说："如果所有人都守卫城池，那么谁背着马笼头和缰绳跟着国君？如果所有人都跟着国君出逃，那么谁来守卫国家城池？国君您刚回到国家就有了私心，这不可以啊！"

卫献公于是就不封赏了。柳庄是正直的人啊！

卫国的大夫史鱼得病快要去世，对他的儿子说："我数次向国君提起蘧伯玉的贤良，但他一直不被任用；我数次对国君说起弥子瑕的不肖，但他一直未被罢黜。作为臣子，活着的时候如果不能举荐贤良的人，弹劾罢免不肖的人，死后就不应该在正堂治丧，把我的灵柩放在内室就足够了。"

史鱼去世后，卫国的国君问为什么把灵柩停在内室，史鱼的儿子把父亲的话告诉国君，国君立刻召见蘧伯玉并封给他尊贵的官职，罢黜了佞臣弥子瑕，把史鱼的灵柩停在了正堂，行礼后才离开。活着时亲身劝谏国君，死后用棺尸劝谏国君，史鱼也可以算是正直的人了。

《诗经》里说："靖共尔位，好是正直。"

孔子论人下之道

楚茨（节）

我孔熯矣，式礼莫愆。工祝致告，徂赉孝孙。苾芬孝祀，神嗜饮食，卜尔百福。如几如式，既齐既稷，既匡既敕。永锡尔极，时万时亿。

祭祀中我们极其恭谨，礼仪周全没毛病。于是司仪向大家致词，赐福给主祭孝子贤孙。上供的祭品美味芬芳，神灵很喜欢又吃又饮，要赐给你众多的福分。祭祀遵法度按期举行，态度恭敬而举止敏捷，庄严隆重又小心谨慎。因而永赐你极大福分，成万成亿绵长无穷尽！

[太傅开讲]

孔子闲坐着，子贡在一旁问："请问作为下属应该如何处事呢?"

孔子说："你这问题问得好！作为下属，大概就像土地一样吧?"

子贡不明白，孔子解释说："土地，挖掘它能得到甘甜的泉水，栽种可以收获五谷，草木生长在那儿，鸟兽鱼鳖成长在那儿，活着的时候站在那里，死后埋在那里；土地有很多的功劳但是不说出来，供养世间万物从不断绝，所以说：最适合做下属，可能只有土地了吧!"

子贡说："我虽然愚钝，但会照着您说的这些话去做。"

《诗经》里说："式礼莫愆。"

高比广德，下比狭行

车　辖

间关车之辖兮，思娈季女逝兮。匪饥匪渴，德音来括。虽无好友，式燕且喜。

依彼平林，有集维鷮。辰彼硕女，令德来教。式燕且誉，好尔无射。

虽无旨酒，式饮庶几。虽无嘉肴，式食庶几。虽无德与女，式歌且舞。

陟彼高冈，析其柞薪。析其柞薪，其叶湑兮。鲜我觏尔，我心写兮。

高山仰止，景行行止。四牡騑騑，六辔如琴。觏尔新婚，以慰我心。

车轮转动车辖响，妩媚少女要出阁。不再饥渴慰我心，有德淑女来会合。虽然没有好朋友，宴饮相庆自快乐。

丛林茂密满平野，长尾锦鸡栖树上。那位女娃健又美，德行良好有教养。宴饮相庆真愉悦，爱意不绝情绵长。

虽然没有那好酒，但愿你能喝一盏。虽然没有那好菜，但愿你能吃一点。虽然德行难配你，且来欢歌舞翩跹。

登上高高那山冈，柞枝劈来当柴烧。柞枝劈来当柴烧，柞叶茂盛满树梢。此时我能接到你，心中烦恼全消掉。

巍峨高山要仰视，平坦大道能纵驰。驾起四马快快行，挽缰如调琴弦丝。今遇新婚好娘子，满怀欣慰称美事。

[太傅开讲]

南瑕子拜访程本，程本为他煮了条鳊鱼。南瑕子说：“听说品德高尚的君子是不吃鳊鱼的。”

程本说："这是君子不吃的食物，你为什么不吃呢？"

南暇子说："与德行高尚的人相参照，让人的品德更加高尚，与德行低下的人相参照，会让人的品德衰退；与好的人相比较，这是使人进步的阶梯，和不好的人相比较，这是堕落退步的根源！况且《诗经》里说：'高山仰止，景行行止。'我怎么会把自己当成是品德高尚的君子呢？只是我仰慕君子，愿效仿他们的作为罢了。"

荐贤者贤于贤

角弓（节）

老马反为驹，不顾其后。如食宜饇，如酌孔取。

毋教猱升木，如涂涂附。君子有徽猷，小人与属。

雨雪瀌瀌，见晛曰消。莫肯下遗，式居娄骄。

雨雪浮浮，见晛曰流。如蛮如髦，我是用忧。

老马当作马驹使，不念后果会如何。如给饭吃要吃饱，酌酒最好量适合。

不教猴子会爬树，好比泥上沾泥土。君子如果有美德，小人自然来依附。

雪花落下满天飘，一见阳光全融销。小人不肯示谦恭，反而屡屡要骄傲。

雪花落下飘悠悠，一见阳光化水流。小人无礼貌粗野，我心因此多烦忧。

[太傅开讲]

子贡问孔子各国重要的大臣有哪些，孔子说："齐国有鲍叔牙，郑国有子皮。"

子贡说："不对。齐国有管仲，郑国有东里子产。"

孔子说："管仲是鲍叔牙举荐的，子产是子皮举荐的。"

子贡说："那这么说推举贤人的人比贤人更有贤德了。"

孔子说："知道一个人有贤德，说明很有智慧；推举贤人，说明很有仁德；提拔贤人，说明通晓大义。一个人有了这三种品质，要比他更加贤明仁德只怕非常难了！"

《诗经》里说："雨雪瀌瀌，见晛曰消。"

孔门言志

[太傅开讲]

孔子在山上游览风景，子路、子贡和颜渊跟随一旁。孔子说：“品德高尚的君子登上高山一定会阐述自己的志向，你们的志向是什么呢？说说你们的志向，我来听听。”

子路说：“我的志向是挥舞着长戟，冲杀敌军；即使后面有凶猛的老虎，前面有仇恨我的敌人，我也会像蠡虫和蛟龙一样奋勇地冲锋在前，上前结束两个国家之间的战争。”

孔子说：“你是勇敢的人啊！”

子贡说：“两个国家相互结仇，强壮的士兵排好了阵列，灰尘遮蔽了天空，我不拿一把短刃，不带一两粮食，能化解两个国家间的战争。听从我的国家会存留下来，不听从我的国家会灭亡。”

孔子说：“你是个善于说服的人啊！”

颜回不说话，孔子说：“颜回你为什么不说出你的志向呢？”

颜回说：“两位已经说出他们的志向，所以我不敢说出我的志向。”

孔子说：“心意不相同，每个人都有自己的作为，你说出你的志向，我会启导你。”

颜回说：“我的志向是在一个小国里做卿相，国君用道义治理人民，臣子以仁德教化人民，君臣上下同心，朝廷内外呼应，让各国的诸侯都向往那里的正义风气，年壮的人很快地归附，年老的人相互搀扶前来；教化通行在百姓中，仁德施行在各族蛮夷中，大家都放下兵器，车辆聚集在四方城门下，天下得到永远的安宁，就连天上飞的蝗虫和地上爬行的蠕虫，都可以随着它们的本性自由自在，推举贤人任用有能力的人，各自担任能发挥他们才能的职务。因此国君可以安居在上位，臣子可以和睦相处在下位，国君垂衣拱手什么事情都不用做，行动处事合乎大道，举止符合礼仪，赏赐宣扬仁义的人，处死宣扬战争的人，那么还有什么仇恨需要子路去阻止，还有什么危难需要子贡去调解呢？”

孔子说：“你是圣明的人啊！有大德的人出现，品德低下的人就隐藏起来了；圣明的人出现，贤人就隐伏了。要是颜回主持政务，那么子路和子贡又哪有机会施展他们的才能呢？”

《诗经》里说：“雨雪瀌瀌，见晛曰消。”（出自《角弓》）

为父之道

蓼莪（节）

瓶之罄矣，维罍之耻。鲜民之生，不如死之久矣。无父何怙？无母何恃？出则衔恤，入则靡至。

父兮生我，母兮鞠我。抚我畜我，长我育我，顾我复我，出入腹我。欲报之德，昊天罔极！

汲水瓶儿空了底，装水坛子真羞耻。孤独活着没意思，不如早点就去死。没有亲爹何所靠？没有亲妈何所恃？出门行走心含悲，入门茫然不知止。

爹爹呀你喂养我，妈妈呀你生下我。你们护我疼爱我，养我长大培育我，想我不愿离开我，出入家门怀抱我。想报爹妈大恩德，老天降祸难预测！

［太傅开讲］

做父亲的人，一定会怀着仁慈的爱心去养育他的孩子，安慰他并给他按时的饮食，让他健康地成长。等到他开始学习认识事物的时候，父亲一定会严整他的起居，端正他的言语，做榜样去教导他；等到孩子再长大一点，束发成人的时候，找到高明的师傅传授给他技艺；到了 19 岁有了志向，就请有德行的尊贵的人为他举行加冠礼，教导他应该严守的为人处世的原则道理；等到他的血气沉稳，习惯性情平静下来了，给他下聘礼娶妻，使他心志生活能够安定。

父母对他的信任源自于从小对孩子的教导，他做的事情父母没有怀疑的。不要责骂成年的孩子，也不要鞭打年幼的孩子，要听听他想对父母长辈说的话，不要让他忧郁，这就是做父亲的道理。

《诗经》里说：“父兮生我，母兮鞠我。拊我畜我，长我育我，顾我复我，出入腹我。”

卷八

人以气节为贵

烝民（节）

王命仲山甫，式是百辟。缵戎祖考，王躬是保。出纳王命，王之喉舌。赋政于外，四方爰发。

肃肃王命，仲山甫将之。邦国若否，仲山甫明之。既明且哲，以保其身。夙夜匪解，以事一人。

周王命令仲山甫，要做诸侯的典范。继承祖业要弘扬，辅佐天子振朝纲。出令受命你执掌，天子喉舌责任重。发布政令告畿外，四方听命都遵从。

严肃对待王命令，仲山甫全力来推行。国内政事好与坏，仲山甫心里明如镜。既明事理又聪慧，善于应付保自身。早早晚晚不懈怠，侍奉周王献忠诚。

[太傅开讲]

春秋时，越王勾践派廉稽把俘获来的奴隶进献给楚王，楚国的外交官员对楚王说：“越国是中原以外的蛮夷小国，请您允许我戏弄一下他们的使者。”

楚王说：“我听说越王是贤明的人，他的使者也是个贤士，这件事你一定要慎重啊！”

楚国的外交官员出去，看见廉稽说道：“请您改变您现在的这一身装束，穿上官服戴上礼帽，按照我国的礼节来拜见，如果不这样装束的话，那就不能前去拜见我们的国君。”

廉稽回答道：“越国也是大周王朝分封的属国，但是很遗憾没处在中原的位置，而是地处在长江和东海的岸边，与龟鳝鱼鳖混在一起，身上文文身，剪短了头发生活在那里。如今来到贵国，你们按照你们的生活习俗坚持说：‘穿上官服戴上礼帽，才能按照平常的礼节来拜见，如果不戴上礼帽，那就不能前去拜见。’如果像你们这样要求，贵国的使者到了越国，也要按照我国的礼节刺穿鼻子，脸上刺上图案，身上文上花纹，剪短头发，然后才能拜见越王，这样合理吗?”

楚王听到这番话后，急忙披上衣服出来谢罪。孔子说：“出使不同的国家，而不辱没国君的使命，这就是所谓的士呀。”

人们之所以喜欢富贵享乐和被人们所赞扬的，是为了自己的人身呀；厌恶贫穷低贱和危难屈辱，也厌恶被别人诽谤诋毁，也是为了自己的人身。然而如何体现人身的可贵呢？没有什么比气概更珍贵了；人有了气概则生机盎然，没有气概就会毫无生机；这种气概不像金银丝绸和珍珠美玉那样能从他人那里得到，也不像布匹杂粮那样能买到它，而是就存在于人身之中，不能不慎重呀。

《诗经》上说：“既明且哲，以保其身。”

救世之论

崧 高

申伯番番，既入于谢，徒御啴啴。周邦咸喜，戎有良翰。不显申伯，王之元舅，文武是宪。

申伯之德，柔惠且直。揉此万邦，闻于四国。吉甫作诵，其诗孔硕。其风肆好，以赠申伯。

申伯勇武有豪情，前往谢邑入新城，步卒车骑军容盛。周邦人民皆欢喜，国有栋梁得安宁。尊贵显赫贤申伯，周王元舅封疆臣，文武双全人崇敬。

申伯德高望又隆，品端行直温且恭。安抚万邦功劳大，誉满四海人赞颂。吉甫创作这首诗，篇幅既长情亦重。曲调典雅音节美，赠送申伯纪大功。

[太傅开讲]

周敬王十四年（公元前506年），吴国联合蔡国攻入楚国首都郢。楚昭王带着一部分官民，狼狈地逃到随国。

后来楚国在秦国的帮助下击败了吴军，楚昭王才得以返回国都。他派人赏赐那些跟从他流亡的人，当赏赐到一个名叫屠说的商人时，他拒绝了："国君您失去了国家，我也失去了宰羊的职业；国君您返回了国家，我也回来重操旧业。我所受的恩惠已经很厚重了，又有什么理由来接受赏赐呢？"

楚昭王坚持要赏赐他，他又说道："国君您失去国家，不是我的过错，所以说我不用接受刑罚；国君您回到了国家，不是我的功劳，所以不接受赏赐。吴国的军队攻占了郢都，我害怕敌兵所以逃难，如今国君您回到了国家，与我有什么关系呢？”

楚昭王道：“如果他不接受赏赐，那就让他来见我吧。”

屠说又回复说：“楚国的法令，从商的人想拜见国君，一定有丰厚的礼物献给国君，然后才能允许拜见。我的智慧不能保全国家，我的气节不能为国君去死，我的勇气还不能与敌军对战，可是国君让我去拜见，这不是国家法令所允许的。”

屠说不接受楚王的命令，隐居到深山涧谷中去了。楚昭王对司马子期说道：“现在有这样一个人，他居住的地方很简陋，可言论很有深度，请帮我去请他过来，我愿意与他结拜为兄弟，授予他三公的官职。”

子期于是不驾马车，徒步去寻找，经过了五天五夜才找到屠说，对他说：“国家危难而不施以援手，这是不仁义呀；国君的命令不服从，这是不忠心呀；厌恶身居高位享受的富贵，而甘于贫苦，我想这有些不对头了。如今国君愿意与你结拜为兄弟，让你担任三公的官职，你却不愿听从国君的安排，为什么呢？”

屠说回答道：“三公的官位，我知道比我经商要高贵很多；万钟的俸禄，我知道它比我经商的收入要多得多。可是如果见到高官厚禄，就忘了须辞让的礼节，这不是我所听过的道理。”

于是他仍然拒绝了三公的官位，而回到自己的店铺。

有一位先生听说这件事，对他说：“你的所做作为太过分了，过分要求自己而甘处困厄，住在这个国家而不为国家作贡献。”

屠说回答道：“什么叫困厄？我依照礼节拒绝了高官厚禄，而我始终是楚国的国民呀。”

那位先生说：“你隐居在深山之中，而不援助别人的危难，看见楚昭王的品行比吴国弱，而身怀高才却隐藏起来不愿施展，眼睁睁看着国家衰弱，只想保全自己，是对自己宽厚而对国君不作为呀，只是狷介孤傲。这不是救世者的行为。”

屠说问道：“怎么做才能救世呢?”

回答说：“就像申伯和仲山甫那样的作为可以说是救世呀。以前，周朝的仁政衰落，道义也在周厉王的时候被废了，申伯和仲山甫共同辅佐周宣王，拨乱反正，重新提振起国家的威望，皇室宗嗣得以继承。申伯和仲山甫顺应天下之所需，匡扶社稷改正错误，用道德教化人民，任用天下的贤人隐士，得到了全国上下的一致响应。所以老百姓很高兴地称颂周宣王的德政。《诗经》上说：‘周邦咸喜，戎有良翰。（全国人民喜洋洋，从此国家得栋梁）’又说道：‘邦国若否，仲山甫明之。既明且哲，以保其身。夙夜匪懈，以事一人。（国内政事好与坏，仲山甫心里明如镜。既明事理又聪慧，善于应对保自身。日日夜夜不懈怠，服务于周王献忠诚）’（出自《烝民》）就像这样，可以称得上是救世呀。”

德化天下，凤凰于飞

卷 阿

凤凰于飞，翙翙其羽，亦集爰止。蔼蔼王多吉士，维君子使，媚于天子。

凤凰于飞，翙翙其羽，亦傅于天。蔼蔼王多吉人，维君子命，媚于庶人。

凤凰鸣矣，于彼高冈。梧桐生矣，于彼朝阳。菶菶萋萋，雝雝喈喈。

君子之车，既庶且多。君子之马，既闲且驰。矢诗不多，维以遂歌。

高高青天凤凰飞，百鸟展翅紧相随，凤停树上百鸟陪。周王身边贤士萃，任您驱使献智慧，爱戴天子不敢违。

青天高高凤凰飞，百鸟纷纷紧相随，直上晴空迎朝晖。周王身边贤士萃，听您命令不辞累，爱护人民行无亏。

凤凰鸣叫示吉祥，停在那边高山冈。高冈上面生梧桐，面向东方迎朝阳。枝叶茂盛郁苍苍，凤凰和鸣声悠扬。

迎送贤臣马车备，车子既多又华美。迎送贤臣有好马，奔腾熟练快如飞。贤臣献诗真不少，为答周王唱歌会。

［太傅开讲］

黄帝统一了三大部落，七十二个小部落，登上帝位，建立起世界上第一个有共主的国家。他承天意施惠于民，依道修德，唯行仁德而善化天下，天下祥和太平，但是没有凤凰现世的盛象。黄帝一心想着凤凰瑞象，几乎难以成眠，于是召来天老问他，说：“凤凰的形象是个什么样子?”

天老对答说：“那个凤凰的样子啊，身前面似大雁，后面象麒麟，颈部像蛇，尾部像鱼尾，有龙的花纹、龟的身形、燕子的下巴、鸡的嘴；其呈现大德至仁形象，举止适中，心怀正义；叫出小声则如金音乐器，叫出大声则似击鼓之声；伸长脖子奋力振翅而飞，具五彩之光明，扇起八方之风，呼吸之气象顺应应时的雨；吃东西的时候单纯朴实，喝水的时候有威仪；去则文雅之风开始肇始，来则吉祥之瑞形成；只有凤凰能上通天赐福祉，下顺应大地之精神，遵循五音之标准（宫、商、角、征、羽），参阅九德之要求——忠、信、敬、刚、柔、和、固、贞、顺。天下有道，具备一条凤象，则凤凰经过；具备两条凤象，则凤凰在这里飞翔；具备三条凤象，则凤凰在这里聚集；具备四条凤象，则凤凰一年四季都会从天而降；具备五条凤象，则凤凰终身长居此地。”

黄帝说：“哎！上天是公允的，朕怎么敢不自量与凤凰为一类呢?”

于是黄帝身穿黄色衣服，戴黄色冠冕，在宫中斋戒，于是，凤凰纷纷遮天蔽日而来，黄帝飞落到东阶，面向西面再稽首叩拜，说：“皇天降瑞赐福祉，不敢不受命。”凤凰于是在黄帝的东国落下，栖集在黄帝的梧桐树上，吃黄帝皇土上的竹叶果实，终身在此居住不离去。

《诗经》上说：“凤凰于飞，翙翙其羽，亦集爰止。”

孔子谈治国

泂 酌

泂酌彼行潦，挹彼注兹，可以餴饎。恺悌君子，民之父母。

泂酌彼行潦，挹彼注兹，可以濯罍。恺悌君子，民之攸归。

泂酌彼行潦，挹彼注兹，可以濯溉。恺悌君子，民之攸塈。

远舀路边积水潭，把这水缸都装满，可以蒸菜也蒸饭。君子品德真高尚，好比百姓父母般。

远舀路边积水坑，舀来倒进我水缸，可把酒壶洗清爽。君子品德真高尚，百姓归附心向往。

远舀路边积水洼，舀进水瓮抱回家，可以洗涤和抹擦。君子品德真高尚，百姓归附爱戴他。

[太傅开讲]

孔子的学生子贱治理单父，当地的人民无论贤愚都信服他。孔子问道："告诉我你是如何治理单父的?"

子贱回答道："时常打开粮仓，赈济贫困的人，以弥补他们粮食的不足。"

孔子说道："这只是使平民百姓归附你啊，好像还不够呀。"

子贱又说道："我奖赏有能力的人，招揽贤明的人士，辞退没有能力的人。"

孔子说道："这只是让那些士子来归顺你，还不够呀。"

子贱又回答道："在我的身边，我像对父亲一样对待的有三人，像对兄长一样对待的有五人，像对朋友一样对待的十二人，像对老师一样对待的有一人。”

孔子道：“像父亲一样对待的有三人，足够用来教化孝道了；像兄长一样对待的有五人，足够用来教化如何尊重兄长了；像朋友一样对待的有十二人，足够用来解除闭塞开启思路；像老师一样对待的有一人，足够帮助你把事情考虑周全不失策，办起事情没有不成功的。可惜呀，你现在治理的地方太小了，如果你治理的是个大地方，成绩就可以和尧舜差不多了。”

《诗经》上说：“恺悌君子，民之父母。”子贱他很像是这样的人呀。

孔子之圣

常武（节）

王旅啴啴，如飞如翰，如江如汉。如山之苞，如川之流。绵绵翼翼，不测不克，濯征徐国。

王犹允塞，徐方既来。徐方既同，天子之功。四方既平，徐方来庭。徐方不回，王曰还归。

王师强大兵马众，迅捷如鸟掠长空，势如江汉水汹涌。如山之基难动摇，如川之流滚滔滔。连绵如山仁德广，神出鬼没难估量，大力征讨定淮夷。

王的谋略无不中，徐国投降来归从。徐国臣服成一统，胜利应是天子功。四方叛逆已平定，徐国入觐来王庭。徐国改邪已归正，王命班师返京城。

［太傅开讲］

子贡是孔门弟子“七十二贤”中最具智慧者，比孔子小31岁。他善于言谈，精通商业，家累千金，经常驷马束帛来往于诸侯之间，使孔子之名扬于天下。

有一次子贡来到齐国，齐景公问他：“先生以谁为师呢？”

子贡回答道：“鲁国的孔仲尼。”

又问道：“孔仲尼是个贤能的人吗？”

子贡回答道：“简直就是圣人呀，何止是贤能？”

齐景公又笑着问道：“他圣明到什么程度？”

子贡回答道：“不知道。”

景公脸色都变了，生气地说道："刚才你说孔仲尼是圣人，现在又说不知道，为什么呢？"

子贡道："我一生都头顶着青天，但是不知道天有多高；一生都踩着土地，但不知道地有多厚。就像我师从孔仲尼，好比渴了拿着水壶和勺子，靠近大江大河舀水而喝，肚子喝饱了才离开，但是我又怎么知道江河有多深呀？"

景公道："你的赞美之辞，是不是太过分了呀！"

子贡道："我端木赐哪里敢夸得太过分，还正在想是不是夸得不到位呢！我赞美孔仲尼，就好像两手捧着一抔土添到泰山上，丝毫不能增加泰山的高度，这很明显呀；我不赞美孔仲尼，就好像用两手来抓泰山上的土，丝毫不能损害泰山的高度，这也很明显呀。"

齐景公说道："他真像你说得这么好，他真像你说得这么好？"

《诗经》上说："绵绵翼翼，不测不克。"

君子不掠人之美

桑柔（节）

天降丧乱，灭我立王。降此蟊贼，稼穑卒痒。哀恫中国，具赘卒荒。靡有旅力，以念穹苍。

维此惠君，民人所瞻。秉心宣犹，考慎其相。维彼不顺，自独俾臧。自有肺肠，俾民卒狂。

天降祸乱与死亡，要灭我们的国君。降下害虫食根节，各种庄稼都遭殃。哀痛我们国中人，连绵土地受灾荒。没有人来献力量，哪能虔诚感上苍。

顺应人心好君王，百姓爱戴都瞻仰。操心国政善谋划，考察慎选那辅相。不顺人心坏君王，独让自己把福享。坏蛋自有坏肺肠，让那国民都发狂。

我将

我将我享，维羊维牛，维天其右之。

仪式刑文王之典，日靖四方。伊嘏文王，既右飨之。

我其夙夜，畏天之威，于时保之。

我把祭品献上．有牛又有羊，保佑我们吧，上苍！

各种典章我都效法文王，盼着早日平定四方。伟大的文王，请尽情地享用祭品。

我日日夜夜，敬畏上天的威命，保佑我大功告成。

［太傅开讲］

春秋时，晋国境内的梁山发生了山崩，晋景公用驿车召见伯宗，在路上遇见一辆载重的大车在路中翻了，伯宗站起身来要它让路，说：“赶快避开我的驿车。”

大车的车夫说：“驿车求的是速度快，如果等我这辆大车让路，那反倒慢了，不如从旁边走快。”

伯宗听了很惊讶，问车夫是哪里人，车夫说：“是绛城人。”

伯宗就问：“你在绛城听到什么情况啊？”

车夫回答说：“由于梁山发生了山崩，堵塞了黄河，因此三天了河水都没有流过去。”

伯宗问道：“那怎么办好呢？”

车夫回答说：“上天造了山，上天让它崩塌了；上天造了河，上天又把它堵塞了。国家以山川为主，因此一旦遇到河干山崩，国君就要穿素服，到郊外去居住，乘坐没有彩画的车子，取消平日的饮酒作乐，在简策上写文章向上天祈祷，国人要哭三天，以礼祭山川之神。除了这些，还能有什么办法呢？”

伯宗问他的姓名，车夫不肯讲；想请他一起去见晋景公，车夫也不答应。伯宗到了绛城，就把车夫的话报告给晋景公，于是晋景公身着素服，带领群臣大哭，然后举行祭祀，拥塞河水就流通起来了。

景公问伯宗怎么知道这样做的，伯宗没说是从拉车的人那里得到的，欺骗景公说是自己本来知道的。孔子听说这件事，说道：“伯宗将来要断子绝孙啊，因为他掠夺了别人的好意见。”

《诗经》上说：“天降丧乱，灭我立王。”又说道：“畏天之威，于时保之。”

不出俎豆之间，折冲千里之外

时 迈

时迈其邦，昊天其子之。实右序有周，薄言震之，莫不震叠。怀柔百神，及河乔岳，允王维后。

明昭有周，式序在位。载戢干戈，载櫜弓矢。我求懿德，肆于时夏，允王保之。

按时巡视诸侯国，天帝使我为君王。保佑周朝国运昌，周王声威震天下，无不震动受惊慌。祭祀四方山川神，来到黄河泰山上，周王真是好君王。

周朝德行最光明，贤人依序来奖赏。干戈武器都收藏，良弓利箭装进囊。我求先王好德行，遍施华夏各地方，周王保持永不忘。

[太傅开讲]

晋平公派范昭来齐国考察政事，齐景公赐宴招待他，晏子也在前列。范昭疾步走过来，向齐景公说："请允许我用大王您备用的酒杯，来向您敬酒。"

景公吩咐身边的侍从说："把我的备用酒杯倒满，交给客人。"

范昭喝完了酒，晏子对侍从说："拿走这只酒杯吧。"范昭有些不高兴，起身而舞，回头对在座的太师说："请你为我演奏成周的乐曲，我希望跳舞助兴。"

太师回答道："我学识短浅，没有学习过这个曲子。"

范昭起身拂袖而去。景公对晏子说道："晋国是天下的大国呀，派范昭来考察齐国的政治，现在你惹火了大国的使者，该怎么办呢？"

晏子回答道："范昭的为人，不是见识浅薄而不知道礼节呀。他这样做是想试探国君您，所以我拂逆他的意志。"

随后景公又召来太师来问："范昭让你演奏成周的乐曲，你为什么不弹呢?"太师的回答跟晏子一样。

范昭回到了晋国，把事情报告给晋平公，说："齐国不能吞并呀，我试探他们的国君，晏子察觉了；我试图拿音乐来冒犯他们，太师知道了。"孔子听说这件事，说道："好呀，晏子没有离开宴席，就把千里之外的冲突给化解了。"

《诗经》上说："实右序有周，薄言震之，莫不震叠。"

学而不已，阖棺乃止

既醉（节）

威仪孔时，君子有孝子。孝子不匮，永锡尔类。

其类维何？室家之壶。君子万年，永锡祚胤。

隆重礼仪很合适，主人尽孝得孝子。孝子永远不会少，上天赐你好后嗣。

赐你后嗣什么样？善理家业有良方。祝你主人寿绵长，天赐福分后代享。

棠棣（节）

妻子好合，如鼓瑟琴。兄弟既翕，和乐且湛。

宜尔室家，乐尔妻帑。是究是图，亶其然乎？

妻子情投意合，恰如琴瑟协奏。兄弟今日相会，祥和欢乐敦厚。

全家安然相处，妻儿快乐欢喜。请你深思熟虑，此话是否在理。

棠棣（节）

棠棣之华，鄂不韡韡。凡今之人，莫如兄弟。

宵尔索绹，死丧之威，兄弟孔怀。原隰裒矣，兄弟求矣。

常棣花开朵朵，花儿光灿鲜明。凡今天下之人，莫如兄弟更亲。

遭遇死亡威胁，兄弟最为关心。丧命埋葬荒野，兄弟也会相寻。

敬 之

敬之敬之，天维显思。命不易哉，无曰高高在上。陟降厥士，日监在兹。

维予小子，不聪敬止。日就月将，学有缉熙于光明。佛时仔肩，示我显德行。

小心谨慎莫忘记，上天监察最明显。保持天命真困难，莫说高高在上面。事物由它定升降，每日监视这下边。

想我这个年轻人，敢不听从不恭敬？日有成就月有进，学问积渐向光明，群臣辅我担大任，示我治国好德行。

［太傅开讲］

孔子闲居在家，子贡恭敬地提起衣服的下摆，上前说道："弟子追随老师已经有好多年了，才能已经用尽，心智已经疲惫，虽然孜孜不倦地学习和请教，但却没有什么进步，希望能放松一下。"

孔子问道："子贡呀，你想怎么放松呀？"

子贡答道："我想暂时不再服务于国君。"

孔子道："《诗经》上说：'夙夜匪懈，以事一人。'（出自《烝民》）像这样服务于国君是多么不容易啊，又怎么能够放松呢？"

子贡道："我想暂时不再孝敬父亲。"

孔子道："《诗经》上说：'孝子不匮，永锡尔类。（孝子孝心永不竭，神灵赐您好章程）'像这样孝敬父亲多么不容易啊，你又想怎么放松呢？"

子贡又道："我想暂时停止与从兄弟交往。"

孔子道："《诗经》上说：'妻子好合，如鼓瑟琴。兄弟既翕，和乐且耽。（情投意合妻子好，弹琴奏瑟同到老。兄弟感情即融洽，和睦相处乐陶陶）'像这样与兄弟交往多么不容易啊，你又想怎么放松呢？"

子贡又说道："我想暂时停止耕种田地。"

孔子道："《诗经》上说：'昼尔于茅，宵尔索绹；亟其乘屋，其始播百谷。（白天出外割茅草，晚上搓绳长又长。急急忙忙盖屋顶，开春要播各种粮食）'像这样耕田是多么不容易啊，又怎么能够放松呢？"

子贡道："君子难道不会有放松的时候吗？"

孔子答道："盖棺入土的时候才停止宣播学问，那时已经不知道时间的流逝了，这所说的就是君子的放松啊。所以说，学习的路上永不停止，盖棺的时候才算结束。"

《诗经》上说："日就月将。"这说的就是善于学习的人。

士必学问，然后成君子

[太傅开讲]

鲁哀公问孔子的学生冉有："只具备普通人的素质，发奋学习之后能成为君子吗?"

冉有回答说："我听说过这样的故事：虽然有美好的玉石，但是不经过琢磨雕刻，就不会成为精美的玉器；虽然有很好的素质，不加以学习，就不会成为君子。"

鲁哀公又问道："你怎么知道会是这样的呢?"

冉有回答："子路是卞地的乡下人，子贡是卫地的商人，皆学习请教于孔子，于是就成为天下赫赫有名的人物。诸侯听到他们，没有不尊敬他们的，卿大夫听到他们，没有不亲近爱护他们的，这都是他们学习的缘故啊。从前吴、楚、燕、代四国密谋想一起共同攻打秦国，祧贾是看门小吏的儿子，为了秦国前去做使者，从而断绝了他们进攻秦国的想法，停止出兵。等到他返回秦国，秦王非常高兴，任命他为上卿一职。百里奚是齐国的乞丐，被赶到齐国西边，没有地方可以再前进了，便把自己卖了五张羊皮，换了一辆马车，前去拜见秦穆公，被秦穆公任命为相，于是在西戎一带称霸。姜太公年轻时就入赘做了人家女婿，年老的时候被人赶走，只能在朝歌宰牛，在棘津做雇工，在磻溪钓鱼，周文王提拔并任用了他，把齐国封给了他。管仲亲手射中了齐桓公，但齐桓公抛弃了报仇的想法，立管仲做了宰相，管仲使濒临灭亡或已亡者的国家宗族得以继续存在和延续，联合各地诸侯，最终一统天下。这四个人，都曾经卑微低贱穷困受辱，但是他们的名声流传于后代子孙，难道这不是勤学好问所形成的结果吗？从这里可以看出，士人一定要勤学好问最后才能成为君子。《诗经》上说：‘日就月将。’”（出自《敬之》）

鲁哀公听了笑着说：“我虽然不聪明，愿意接受先生的教诲。”

人子之道

采菽（节）

维柞之枝，其叶蓬蓬。乐只君子，殿天子之邦。乐只君子，万福攸同。平平左右，亦是率从。

汎汎杨舟，绋纚维之。乐只君子，天子葵之。乐只君子，福禄膍之。优哉游哉，亦是戾矣。

柞树枝条一丛丛，它的叶子密密浓。诸侯君子真快乐，镇邦定国天子重。诸侯君子真快乐，万种福分来聚拢。左右属国善治理，于是他们都顺从。

杨木船儿水中漂，索缆系住不会跑。诸侯君子真快乐，天子量才用以道。诸侯君子真快乐，福禄厚赐好关照。从容不迫很自在，生活安定多逍遥。

泮水（节）

思乐泮水，薄采其藻。鲁侯戾止，其马蹻蹻。其马蹻蹻，其音昭昭。载色载笑，匪怒伊教。

游乐泮水兴致高，我在水中采水藻。鲁侯大驾已来到，马儿强健气势豪。马儿强健气势豪，随行人多声音高。脸色温和带笑容，从不发怒善教导。

［太傅开讲］

曾参从小就以其孝行而著称乡里。一天，曾参与父亲曾皙一同在瓜地里劳作，曾参稍不留神，斩断了瓜苗的根，曾皙看到后，举起手上的大杖就向曾参的背部打去。曾参心里惭愧，也不逃避，就跪在地上受罚，被打得晕倒在地，不省人事。

过了很久他才慢慢苏醒过来，为让父亲安心，他整理好衣冠，恭恭敬敬地走到父亲面前行礼，问道："父亲大人，刚才孩儿犯了大错，使得父亲费力气来教育我，不知您有没有什么不舒服的地方？"

问候完父亲，曾参于是退回了房间，拿出琴开始高声弹唱起来。他希望欢快的音乐与歌声能让父亲更加确认自己的身体无恙。

听说这件事情的人都很敬佩曾参的孝顺，可当孔子听说了此事后，反而不高兴，对门下的弟子们说："曾参来了，不要让他进来。"

弟子们有些奇怪。曾参知道后，内心很是惶恐不安，老师如此生气，一定是自己有做得不好的地方，可仔细检点反省，却又不知道自己有什么过错。于是，就请了其他同学去向老师请教。

孔夫子此时便向前来请教的弟子说道："你难道没有听说过吗？从前，舜在侍奉他父亲的时候非常尽心，每当瞽瞍需要舜时，舜都能及时地侍奉在侧；但当瞽瞍要杀他的时候，却没有一次能找到他。当是小的棍棒，能承受的就等着受罚；可如果是大的棍棒时，就应该先避开。这样，瞽瞍就没有犯下为父不慈的罪过，既保全了父亲的名声，舜也极尽自己孝子的本分。而如今，曾参委屈自己来应对父亲的暴打，垂手站在那里不离开，如果被打死，就会陷父亲于不义，有什么比这更不孝的呢？曾参不是国君的臣民吗？杀一个国君的臣民，他父亲又是什么样的罪行呢？"

弟子们听了老师的开导后恍然大悟，曾参听到了夫子这些话后，也一下子醒悟过来，感叹地说："我犯的错，真是太大了啊！"于是就很诚恳地去向孔夫子拜谢并悔过。

《诗经》上说："优哉柔哉！亦是戾矣！"又说道："载色载笑，匪怒伊教。"

莫邪虽利，不能独断

小明（节）

嗟尔君子，无恒安处。靖共尔位，正直是与。神之听之，式谷以女。

嗟尔君子，无恒安息。靖共尔位，好是正直。神之听之，介尔景福。

长叹你们这些君子，莫贪图安逸坐享福分。应恭谨从事忠于职守，交正直之士亲近贤人。神灵就会听到这一切，从而赐你们福祉鸿运。

长叹你们这些君子，莫贪图安逸碌碌无为。应恭谨从事忠于职守，与正直之士亲近伴随。神灵就会听到这一切，从而赐你们洪福祥瑞。

大东（节）

虽则七襄，不成报章。睆彼牵牛，不以服箱。东有启明，西有长庚。有捄天毕，载施之行。

维南有箕，不可以簸扬。维北有斗，不可以挹酒浆。维南有箕，载翕其舌。维北有斗，西柄之揭。

纵然织女移动忙，没有织出好纹章。牵牛三星亮闪闪，不能拉车难载箱。金星在东叫启明，金星在西叫长庚。天毕八星柄弯长，把网张在大路上。

南天有那簸箕星，不能簸米不扬糠。往北有那南斗星，不能用它舀酒浆。南天有那簸箕星，吐出舌头口大张。往北有那南斗星，在西举柄向东方。

[太傅开讲]

齐景公让人替他制造一张弓，用了三年时间才完成。可是景公拿到弓以后，试射时却连一层铠甲也没有穿透。景公对此非常生气，下令把制弓的匠人抓起来，准备处死。

制弓人的妻子见到丈夫被抓，就请求拜见齐景公。她对景公说道："我是蔡国人，是制弓人的妻子。这把弓，使用了太山南边最坚硬的柘木、红牛的角、楚国麋鹿的筋、河鱼熬制的胶。这四种东西，都是精选的优质材料，不应该像这样不能穿透一层铠甲。并且我还听说：'奚公的马车，不能独自行走；莫邪剑虽然锋利，不能独自砍断东西，一定有适合使用它们的人。'射箭的道理在于：手就像紧紧抓住树枝一样，手掌像握着鸡蛋一样，四根手指像折断的小木棍，右手把箭射出去，而左手还浑然不知，这就是射箭的道理。"

齐景公半信半疑，尝试着用这样的动作再次试射，果然穿透了七层铠甲。制弓人马上就被释放了，并且得到了一大笔赏赐。《诗经》上说："好是正直。"

对一个战士来说，即使拥有坚固的铠甲和锋利的兵器，如果不能善用，也没有办法攻击和打败敌人；他的弓箭再精良顺手，但如果不能射中目标，那也和赤手空拳没什么两样。对一个国君来说，即使有千里的领土，但领土之上却都是石头，那他也算不上有方寸土地；他即使国内有上百万人口，但如果每一个都愚昧无知，也不能说他有人民。

《诗经》上说："维南有箕，不可以簸扬；维北有斗，不可以挹酒浆。"

进谏之术

[太傅开讲]

齐国宰相晏子是一个十分智慧的人，他不仅利用一切可以利用的机会进谏，而且进谏时很讲究艺术，让国君不得不收回错误的决定，改变错误的行为。

有一次，有人得罪齐景公，景公非常生气，命人把他绑在大殿，准备处以分尸的极刑，并且说如果有人胆敢劝阻，一律格杀勿论。晏子左手抓着人犯的头，右手拿着刀，抬头问景公："古时圣王明君肢解人犯的规矩，不知是先从哪个人开始的?"

景公立刻站起身说："放了他吧，这是寡人的错。"

还有一次，景公的爱妾婴子死了，景公思念不已，三天不吃饭，坐在垫婴子尸体的席子上不离开，坚持不让人把尸体入殓，别人来劝说都不管用。晏子于是对景公说："有一位医生能救活婴子。"

景公一听马上站起来，高兴地说："死了的人还可以救活吗?"

晏子说："不妨试一试。请君王回避。"

景公走后，晏子命令立刻将尸体入殓。景公知道了事情的经过，十分不高兴地说："你这样做，那么我当国君不过是徒有其名而已!"

晏子说："难道君王不知道死人不能复活吗? 国君正，臣子服从，就叫顺；国君邪僻，臣子服从，就叫逆。朽尸不入殓，是羞辱尸体!"景公终于醒悟过来。

《诗经》上说："好是正直。"（出自《小明》）

君欲治，从身始

泮水（节）

穆穆鲁侯，敬明其德。敬慎威仪，维民之则。允文允武，昭假烈祖。靡有不孝，自求伊祜。

明明鲁侯，克明其德。既作泮宫，淮夷攸服。矫矫虎臣，在泮献馘。淑问如皋陶，在泮献囚。

举止肃穆的鲁侯，小心修德真仁厚。注意威仪要谨慎，为民作则是元首。文治武功两齐备，在天先祖榜样有。效法他们事事顺，自求福佑最吉祥。

治国勤勉的鲁侯，善于修养功德圆。已将泮宫兴建成，征服淮夷也如愿。勇壮如虎将帅臣，斩获敌耳泮宫献。善于讯问如皋陶，擒送敌囚泮宫前。

[太傅开讲]

魏文侯问狐卷子道："父亲贤能可以依赖吗？"

狐卷子回答道："不可以。"

"儿子贤能可以依赖吗？"

狐卷子回答道："不可以。"

"兄长贤能可以依赖吗？"

狐卷子回答道："不可以。"

"弟弟贤能可以依赖吗？"

狐卷子答道："不可以"

"臣子贤能可以依赖吗？"

狐卷子答道："不可以。"

魏文侯勃然大怒道："我问你这五种人，你都说不能依赖，为什么？"

狐卷子回答道："父亲再贤能也比不过尧帝，而他的儿子丹朱傲慢荒淫，最后被流放；儿子再贤能也比不过舜帝，但他的父亲瞽叟却很凶残；兄长再贤能也比不过舜帝，而他的弟弟象却很傲慢；做弟弟的再贤能也比不过周公，但是他的哥哥却因发动叛乱被杀了；臣子再贤能也比不过商汤和周武王的臣子，但是夏桀和商纣还是受到了讨伐。寄希望于别人是无法成功的，依赖别人不会长久。君主要想治理天下，就应从自身开始，有什么可以依赖别人的呢？"

《诗经》上说："自求伊祜。"

良乐宜人

长发（节）

帝命不违，至于汤齐。汤降不迟，圣敬日跻。

昭假迟迟，上帝是只，帝命式于九围。

先祖听从天帝意旨，到成汤时最合天心。成汤降生适逢其时，明哲圣德日益增进。久久不息祷告神明，敬奉天帝一片至诚，天帝命他九州执政。

［太傅开讲］

师涓是春秋时期卫国的宫廷琴师。有一次师涓跟随卫灵公出访晋国，途经濮水时，深夜隐约听到琴声，卫灵公就命师涓学弹此曲。师涓仔细聆听后，又经过一天练习，竟弹奏的与听到的一模一样。

到达晋国后，卫灵公让师涓演奏此曲给晋平公听。师涓演奏到一半时，晋国大琴家师旷脸上的笑容渐渐消失了，神色严肃地站起身，按住师涓的手说道：“快停住！这是亡国之音啊！千万弹不得！”

师旷问师涓：“你弹的这支曲子是在濮河边听来的吗？”

师涓点头，师旷说：“这是商朝末年乐师师延为暴君商纣王所作的靡靡之音。商纣王无道，被周武王讨灭了，师延走投无路，抱着琴跳进濮河自尽了。这音乐不吉利，谁沉醉于它谁的国家定会衰落。”

晋平公问师旷还有没有比这个曲子更动听的，师旷说有。平公于是请师旷演奏，师旷说：“你为君之德太薄，不宜听这种乐曲。”

平公强令他演奏，师旷不得已，只好奏了一曲，自南方引来玄鹤八双，都渐集于虒祁宫门前的大梁上。再奏之，玄鹤飞鸣都停立在虒祁宫台阶下，左右各八双。三奏之，玄鹤纷纷延颈而鸣，舒翼飞舞。师旷优美的曲调直达霄汉。平公大喜，台上台下臣民百姓观者莫不踊跃称奇。

音乐由人心对环境有所感触而生，可以表达和影响人的情志，具有直达人心的力量。商汤创作了名叫《护》的乐曲，人们在这曲子里听到宫的声音，会变得温顺善良而胸怀宽大；听到商的声音，会变得公正廉洁而崇尚正义；听到角的声音，会变得充满怜悯而崇爱仁义；听到徵的声音，会变得乐于行善而施舍穷苦；听到羽的声音，会变得谦虚恭敬并且崇尚礼义。

《诗经》上说："汤降不迟，圣敬日跻。"

孔子论谦德

［太傅开讲］

周武王建立周朝两年后驾崩，周公受命辅佐年仅 13 岁的成王，他负起裁决国家大事的实际责任，代行天子的权位有 7 年。在此期间，周公勤于政事，求贤若渴，即使在吃饭或沐浴时，只要有人求见，他马上接见，有时甚至吃一顿饭的时间，要好几次吐出口中的食物去和人交谈；洗一次头的时间，要好几次握着尚未梳理的头发去接待贤士。

这 7 年间，周公以师礼相见的有 10 人；他回送礼物，坦诚交往以朋友身份相见的有 13 人；与居住在陋巷茅屋的人士交往的有 49 个人；经常向他提供好的意见的有上百人；到王宫朝见的有上千人；能提出劝谏意见的大臣有 5 人；能辅佐君主的大臣有 5 人；国家的重臣有 6 人；因参加战争获得战功而授受爵位，和周公同一姓氏的有上百人。

孔子说："即使这样，还有人认为周公赏赐天下，分封同族的人多，分封异族的少。"所以说德行美好、宽容大度而以恭敬的态度坚持的会受人尊敬；拥有广阔的土地而能够保持节俭的就稳定；享有高官厚禄而保持谦卑的态度的人就高贵；人口众多兵力强大，仍以无畏的精神坚持的就会取得胜利；聪明睿智却能用蠢笨的态度坚持就很明智；见多识广而能用不满足的态度坚持的就不会骄傲自满。这 6 种都是谦虚的品德呀。

孔子道："《易经》上先列同人卦，后面是大有卦，接着才是谦卦，这样排列不是很正确吗？"所以天道是减损盈满有余的，增益不足的；地道是改变盈满的，使谦逊的得以流传；鬼神损害盈满的，赐福给谦逊的；人道是讨厌自满而喜欢谦逊。所谓谦逊就是控制一件事物使它稍微欠缺一些，保持盈满的方法就是控制它使它缺失一点，这就是谦虚的美德在品行上的表现，顺从它的就会变得吉利，不顺从它就会很危险。

《易经》上说："谦虚，事情顺利，君子会有一个好的结局，很吉利。"能够用坚守谦虚的品德最终始终吉利的，是君子所遵从的法则。即使富贵如天子这样的人，拥有天下的财富，品德却不谦逊，最终仍会使自己灭亡，夏桀和商纣就是例子，更何况普通人呢！《易经》上有阐述一种道理，从大的方面说可以治理天下，次之可以稳定家庭和国家，从小处来说可以坚持住自己的品性，那就只有谦逊的品德了。

《诗经》上说："汤降不迟，圣敬日跻。（汤王降生正当时，明慧谨慎日向上）"（出自《长发》）

老马不可弃

[太傅开讲]

田方是孔子弟子子夏的学生，以道德学问闻名于诸侯，人们尊称他为田子方。后来他和段干木等人被魏成推荐给魏文侯，魏文侯以他为师。

有一天田子方外出，看见路边的桑树上拴着一匹准备出售的老马。看着老马孤独地立在冷风中瑟瑟发抖，田子方禁不住长叹一口气，略有所思地问车夫："这是什么人家的马呀？"

车夫回答道："以前公家养的马，现在老了，耕地拉车都没了气力，没法再使用了，所以就放出来了。"

听了这番话，田子方说道："在当年强壮的时候，人们使用它，榨尽了它所有的力气。等它到了年老的时候，失去了利用的价值，又这样残酷地将它抛弃。难道不知道，这样等待它的会是什么命运？先是无度榨尽，然后再绝情离弃——任何有仁义的怎能干这种事情啊？"

说完，田子方用一束上好的丝绸把马买下来。各地有才德的贫困士人听说了这件事，便知道田子方是可以信赖的人，纷纷前来投奔。

《诗经》上说："汤降不迟，圣敬日跻。"（出自《长发》）

勇者知进而不知退

[太傅开讲]

春秋时期，齐国庄公继位，雄心勃勃地希望振兴齐国。他一方面励精图治，另一方面也渴望能得到更多的贤能之士。

有一天，齐庄公出外打猎，看到一只螳螂拦住他的马车。螳螂很凶狠的样子，挥舞着两个前腿攻击车轮，一点没有后退的意思。齐庄公就问车夫："这到底是什么虫子呢？怎么这么不知死活？"

车夫说："这虫子叫做螳螂啊，这种虫子，只知道进不知道退，经常不自量力地扑向敌人。"

齐庄公一笑，意味深长地对随从说道："这种虫子如果是人的话，一定会是一个天下闻名的勇士吧？"

于是他就让车夫调转车头，避开了螳螂。各国的勇士们听说齐庄公这么尊重勇士，纷纷来到齐国报效齐庄公。

《诗经》上说："汤降不迟。"（出自《长发》）

富能分贫，穷士弗恶

四 牡

四牡騑騑，周道倭迟。岂不怀归？王事靡盬，我心伤悲。

四牡騑騑，啴啴骆马。岂不怀归？王事靡盬，不遑启处。

翩翩者鵻，载飞载下，集于苞栩。王事靡盬，不遑将父。

翩翩者鵻，载飞载止，集于苞杞。王事靡盬，不遑将母。

驾彼四骆，载骤骎骎。岂不怀归？是用作歌，将母来谂。

四匹公马跑得累，道路悠远又迂回。难道不想把家回？公家差事没个完，我的心里好伤悲。

四匹公马跑得疲，黑鬃白马直喘气。难道不想把家回？公家差事没个完，哪有时间家中息。

鹁鸪飞翔无拘束，忽高忽低多舒服，累了停歇在柞树。公家差事没个完，哪有时间养老父。

鹁鸪飞翔无拘束，飞飞停停真欢愉，累了歇在枸杞树。公家差事没个完，哪有时间养老母。

四骆马车扬鞭赶，马蹄得得跑得欢。难道不想把家回？将这编首歌儿唱，儿将母亲来思念。

[太傅开讲]

李克是战国初期魏国政治家，濮阳人。他曾受业于子夏弟子曾申门下，做过中山相和上地守，后来成为魏文侯之相。李克主张废止世袭贵族特权，提出“食有劳而禄有功，使有能而赏必行，罚必当”的主张，通过改革削弱了魏国的“世卿世禄”制度，改善了吏治。

有一次，魏文侯问李克：“人会被人厌恶吗?”

李克回答道：“有啊。对身份高贵的人，低贱的人就讨厌他；对富贵的人，穷困的人就讨厌他；对聪明的人，愚笨的人就讨厌他。”

文侯又问：“在以上这三种情况之下，是不是有什么办法能够做到让别人不讨厌他呢?”

李克回答道：“可以。我听说高贵的人能够与低贱的人相交往，那么人们就不会讨厌他了；富贵的人能够将财富分发给穷人，那么穷人就不会讨厌他；聪明的人如果教化那些愚笨的人，那么就连懵懂的儿童也不会讨厌他。”

魏文侯道：“你说得太好了！尧舜两帝在这方面也有很多缺点，我虽然不是很聪明，希望能遵守你说的这番话。”

《诗经》上说：“不遑启处。(没有闲暇去休息)”

卷九

贤母以不欺教子

螽　斯

螽斯羽，诜诜兮。宜尔子孙，振振兮。

螽斯羽，薨薨兮。宜尔子孙，绳绳兮。

螽斯羽，揖揖兮。宜尔子孙，蛰蛰兮。

蝈蝈绿翅振，聚来鸣好音。你的众子孙，多得连成群。

蝈蝈绿翅振，轰轰唱好音。你的众子孙，延绵万年长。

蝈蝈绿翅振，相聚共纷纷。你的众子孙，和睦心欢畅。

[太傅开讲]

孟轲年少时，有一次正在背诵文章，突然停了一段时间，然后又接着继续背下去。他母亲刚好在旁边织布，于是把他喊过来问道：“刚才为什么停了呢?”

小孟轲掩饰说：“有些地方忘记了，后来又想了起来。”

母亲知道他是分心而忘了背书，拿起剪刀，把正在织的布割断了，以此来警戒孟轲不可半途而废。从那以后，孟轲读书再也不三心二意了。

孟轲很小的时候，东边的邻居杀猪，他问母亲：“东边的邻居杀猪做什么啊?”母亲随口说：“那是给你吃的。”

说过之后，孟轲的母亲懊悔地对自己说：“我怀着这个孩子时，席位不端正就不会坐，肉切得不端正就不吃，就是为了在娘胎里就教育他。现在他刚有一点明白事理就欺骗他，是教他不诚信啊。”

于是，她就买了东邻的一些猪肉给小孟轲吃，以表明没有欺骗他。

战国中期，田稷子在做齐国担任卿相。三年后，他把别人馈赠的2000两金子献给母亲。他母亲并没有因此高兴，而是问他：“你怎么得到这些钱的？”

田稷子说：“这是我当官的俸禄啊。”

母亲严厉地说：“你当官三年，怎么会攒下这么多的钱？难道你不需要吃饭开销吗？这些钱必定不是正当的收入。我不希望自己的儿子这样当官。孝子对待父母应该做到真诚，不干净的东西就不要拿进家门来孝敬父母，因为这就是不孝顺啊！你赶快把这些钱拿走吧。”

田稷子很惭愧地离开家门，到朝廷面见齐宣王，请求允许他退还那些钱并对他加以惩罚。齐宣王听了事情的经过很感动，认为他的母亲很贤良，并为她的深明大义而高兴，就赦免了田稷子的罪，让他继续担任卿相，把退回的钱财赏赐给了他的母亲。

《诗经》上说：“宜尔子孙，绳绳兮。”说的就是贤德的母亲教育出贤良的子孙。

子欲养而亲不待

[太傅开讲]

一天，孔子率领自己的一大群弟子在道路上行走，看见有人穿着粗布的衣服，手里拿着镰刀，在路边哭泣，气堵喉噎，非常伤心。孔子受到感染，也有些奇怪，便下车前去询问，弟子都跟在他的后面。

孔子认识此人，名叫皋鱼，便问他："你不是家里有丧事吧，怎么哭得这么悲伤呢？"

皋鱼回答道："我错失了三次尽孝的机会，少年时求学在外，游历诸侯追求富贵而把孝敬父母双亲的事放在后面，这是第一失；我只顾追求高尚的理想而尽心尽力为国君效力，而没有工夫去侍奉我的双亲，这是第二失；和朋友交往密切而疏忽了陪伴我的双亲，这是第三失。如今父母双亲都离我而去，我想尽一点孝心也不可能了。树想要静止下来可风却不停地吹，子女想要赡养尽孝而亲人却不能等待。逝去便无法追回的是岁月时光，失去便不可再见面的是父母双亲。我实在后悔伤心而不想活了，请让我离别人世去陪伴逝去的亲人吧！"

说完这些话，他居然就站在路边像枯树一般死去了。孔子深有感触地对弟子们教诲道："你们应该引以为戒，牢牢记住这其中的道理。"

于是，当天便有 13 名弟子告辞老师，回家奉养亲人了。

（本文《诗经》引文佚）

孔子论孝子之道

汝坟

遵彼汝坟，伐其条枚。未见君子，惄如调饥。
遵彼汝坟，伐其条肄。既见君子，不我遐弃。
鲂鱼赪尾，王室如毁。虽则如毁，父母孔迩。

沿着汝河大堤走，采伐山楸那枝条。还没见到我夫君，忧如忍饥在清早。
沿着汝河大堤走，采伐山楸那余枝。终于见到我夫君，请莫再将我远弃。
鳊鱼尾巴色赤红，王室事务急如火。虽然有事急如火，父母穷困谁养活！

[太傅开讲]

子路说："这里有个人，天一亮就起床，夜很深了才睡，手脚都长满了老茧，面目被晒得黧黑，勤劳地耕种五谷，以奉养双亲，却没有孝顺的名声，为什么？"

孔子说："我猜，是他对父母态度不恭敬吧？脸色不和悦吧？言语不恭顺吧？古人曾经说过：'给我衣服穿！给我东西吃！如果态度不好不恭敬，我才不会依靠你的。'辛苦劳作奉养双亲，若不是因为这三种原因，怎么会没有孝顺的名声呢？"

子路点头表示赞同，孔子又说："我料想，可能是他结交的朋友不是仁义的人吧？你坐下来，我跟你讲，一个人虽然有国士的才能，不能够让自己有好的名声，并不是没有能力，而是因为情势不便利，没有贤良的朋友帮助他。所以君子在家里则笃行孝道，外出就与贤良的人结交，怎么会没有孝子的名声呢？"

《诗经》上说："父母孔迩。（爹娘很近莫忘掉）"

孔门论处世

鹑之奔奔

鹑之奔奔，鹊之彊彊。人之无良，我以为兄！

鹊之彊彊，鹑之奔奔。人之无良，我以为君！

鹌鹑双双共栖止，喜鹊对对齐飞翔。那人腐化又无耻，我竟尊他作兄长。

喜鹊双双齐歌唱，鹌鹑对对共跳奔。那人腐化又无耻，我竟尊他为国君。

[太傅开讲]

孔子的弟子们在一起讨论为人处世之道。子路说："别人对我好，那我就对他也好；别人对我不好，那我就对他也不好。"

子贡说："如果别人对我好，我对他也好；如果别人对我不好，我就会试着交往了解，对他好还是不好，要看接下来的情况再决定。"

颜回说："如果别人对我好，我对他也好；如果别人对我不好，那我也好好地对待他。"

三个人的观点都不一样，莫衷一是，于是去请教孔子。孔子说："子路的主张，是蛮夷间相处的道理；子贡的主张，是朋友间相处的道理；颜回的主张，是亲人间相处的道理。"

《诗经》上说："人之无良，我以为兄。（这人品德很低下，我仍把他当兄长）"

晏子论礼

相鼠

相鼠有皮，人而无仪！人而无仪，不死何为？

相鼠有齿，人而无止！人而无止，不死何俟？

相鼠有体，人而无礼！人而无礼，胡不遄死？

请看老鼠还有皮，可是有人没威仪。既然做人没威仪，不死还干什么呢？
请看老鼠还有齿，可是有人没行止。既然做人没行止，等待什么还不死？
请看老鼠还有体，可是有人不懂礼。既然做人不懂礼，何不赶快死了去？

[太傅开讲]

作为姜氏齐国历史上在位时间最长的一位国君，齐景公既有雄心壮志的一面，又有贪图享乐的一面。有一次，他毫无节制地酗酒，脱去衣物和帽子，自娱自乐地弹琴，回头对左右人说：“仁义的君子也有这样的喜好吗？”

左右人随和他说：“仁义君子和普通人一样有耳朵有眼睛，怎么会没有这样的喜好呢？”

景公高兴地说：“驾车去把晏子请过来。”

晏子知道后，穿着朝服过来了。景公说：“今天寡人在这里很开心，希望和大夫你也来一起分享。”

晏子说：“大王说错了！在齐国身高五尺以上的人，他们的力气都超过了我和大王，但是他们之所以不敢对我们动武，是因为对礼法的敬畏。如果天子不尊重礼法，就没有办法维护社稷；诸侯不尊重礼法，就没有办法守护国家；

地位高的人不尊重礼法，就没有办法驱使他的属下；做下属的不尊重礼法，就没有办法服务于他的上级；士大夫不尊重礼法，就没有办法治理他的家庭；兄弟家人不尊重礼法，就没有办法住在一起；人如果不知道礼法，活着也没什么意义。”

景公十分惭愧地离开座位谢罪说：“寡人不仁，没有德行，是左右人迷惑了我的认知，以至于到了这种地步，请准许我处死左右的人，以追究他们的过失。”

晏子正色说道：“左右人并没有过错。国君崇尚礼法，知礼的人就会来，不知礼的人会自行离去；国君讨厌礼法，无礼的人就会来，知礼的人也自然离去。左右人哪有什么罪啊？”

景公称赞道：“说得好!”于是换过衣服端正地坐着，敬酒三遍，晏子告辞，景公恭敬地送他离开。

《诗经》上说：“人而无礼，胡不遄死?”

君子尊贤容众

淇 奥

瞻彼淇奥，绿竹猗猗。有匪君子，如切如磋，如琢如磨。瑟兮僩兮，赫兮咺兮。有匪君子，终不可谖兮。

瞻彼淇奥，绿竹青青。有匪君子，充耳琇莹，会弁如星。瑟兮僩兮，赫兮咺兮。有匪君子，终不可谖兮。

瞻彼淇奥，绿竹如箦。有匪君子，如金如锡，如圭如璧。宽兮绰兮，猗重较兮。善戏谑兮，不为虐兮。

看那淇水河湾，翠竹挺立修长。有位美貌君子，学问切磋更精湛，品德琢磨更良善。气宇庄重轩昂，举止威武大方。有此英俊君子，谁能忘得了他！

看那淇水河湾，翠竹青青葱葱。有位美貌君子，耳嵌美珠似银，帽缝宝石如星。气宇庄重轩昂，举止威武大方。有此英俊君子，谁能忘得了他！

看那淇水河湾，翠竹聚合竟茂。有位美貌君子，好似金银璀璨，有如玉璧温润。气宇旷达宏大，倚乘卿士华车。妙语如珠活跃，待人体贴温和！

[太傅开讲]

堂衣若去敲孔子的门，直呼着孔子的名问：“孔丘在家吗？孔丘在家吗？”

子贡在门内教训他说：“君子尊重贤人也宽容普通人，鼓励贤士也尊重能力一般的人，爱护他亲近的人乃至于爱护其他人。己所不欲，勿施于人，先生您怎么能够直接称呼我老师的名字呢？”

古人特别重视礼仪，在名、字的称呼上十分讲究，名一般用作谦称、卑称，或者上对下、长对少的称呼。在平辈之间，只有在很熟悉的情况下才相互称名，在多数情况下，提到对方或别人直呼其名，被认为是一种不礼貌的行为。所以子贡对堂衣若的责问很不客气。

堂衣若说："你小小的年纪，说话怎么这样急躁?"

子贡回敬道："大车的轮子不拧紧，就没有办法使用；琴和瑟的弦不拧紧，就不能发出声音。先生你说话急躁，所以我也回答得急躁。"

堂衣若说："我原先以为你有鸿鹄般的才能，现在看来，仅仅是有了翅膀而已。"

子贡说："没有鸿鹄的本领，怎么能举起它的翅膀。"

《诗经》上说："如切如瑳，如琢如磨。"

明君不因怒杀士

羔　裘

羔裘如濡，洵直且侯。彼己之子，舍命不渝。

羔裘豹饰，孔武有力。彼己之子，邦之司直。

羔裘晏兮，三英粲兮。彼己之子，邦之彦兮。

身上羊裘润如膏，行为端正品德好。他是那样一个人，舍命为国守善道。

羔裘袖口豹皮镶，非常勇武有力量。他是那样一个人，执法如一有名望。

羔皮袍子美无比，三条缨饰增艳丽。他是那样一个人，国家俊贤数第一。

[太傅开讲]

齐景公到昭华池去猎鸟，到了那儿一看，发现掌管那儿鸟儿的官员颜邓聚让鸟全飞走了。景公十分生气，命人把他抓起来准备处死。晏子说：“这个邓聚犯了四件死罪，请让我列举出来再杀了他。”

景公高兴地说：“好！”

晏子接说：“邓聚为国君管理鸟儿，却让鸟儿飞走了，这是第一件罪行；使得国君因为鸟儿的缘故而杀人，这是第二件罪行；使四周的诸侯知道这件事后，认为我们的君主重视小鸟儿而轻视士大夫，这是第三件罪行；天子知道这件事后，一定会降职或罢免我们的君主，危害国家存亡，断绝宗庙祭祀，这是第四件罪行。因为这四件罪行，所以必须将他处死，绝不赦免，请大王快下命令吧！”

景公说：“算了吧！我也有过错啊，请夫子你替寡人向他道歉吧。”

《诗经》上说：“邦之司直。”

解狐外举不避仇

[太傅开讲]

解狐是春秋时魏国的大夫，为人耿直倔强，公私分明。

有一次，魏文侯问解狐：“我想任命西河太守，谁能够担当此任?”

解狐回答说：“荆伯柳那个人有这个能力，也许可以胜任。”

魏文侯问：“他不是你的仇人吗?”

解狐回答说：“国君问的是西河太守的人选，不是问我的仇人。”

于是文侯就任命荆伯柳为西河太守。荆伯柳问身边的人，谁在国君面前推荐了我。身边的人都说：“是解狐。”

荆伯柳去面见解狐，向他道歉说：“先生您宽恕了我的过错，在国君面前推荐了我，我再次郑重地拜谢您。”

解狐说：“我推荐先生您，这是公事；我怨恨先生您，这是私事。现在公事已经解决了，而我对您的怨恨还和以前一样。”

说着，解狐张开弓搭箭就要射他，荆伯柳拔腿飞快地跑得没影了。解狐真的可以说是勇士啊。

《诗经》上说：“邦之司直。”（出自《羔裘》）

观其朋友，知其前程

［太傅开讲］

楚国有个善于相面的人，从来没有不应验的，因而闻名于全国。

楚庄王召见他询问，他回答说："我并不是善于看人的面相，而是善于观察来相面的人的朋友。观察平常百姓，如果他的朋友都是孝顺父母、尊敬长辈、忠厚谨慎、遵守法纪的，他的家庭必定一天天地富裕，而自身也一天天地安定，这就是所谓有福的人。观察服务于国君的人，如果他的朋友都诚实守信、有德行、爱做善事，他做事也一天比一天顺利，官职一天天地提升，这就是所谓有福的官员。做国君的，朝廷上有很多贤能的大臣，左右身边有很多忠勇的人，国君有失误和过错时，都争着劝阻，这样的国君，他的国家一天天地安定，国君的威望一天天地提高，名声一天天地显扬，这就是所谓有福的国君。我不是善于相面的人，只是善于观察他结交什么朋友啊。"

楚庄王说："讲得好！"

他后来能任用贤良有能力的大臣，进而称霸天下，就是从这一次会见开始的吧？《诗经》上说："彼己之子，邦之彦兮。"（出自《羔裘》）

观相评孔子

[太傅开讲]

孔子出了卫国的东门，去迎接姑邺国贤士布子卿。他说：“学生们，把车马停到路边去，有贤人就要来了。他一定会来看看我，你们把这次会面的情况记下来。”

在不远处，姑布子卿也说：“诸位，把车马停到路边去，有圣人要来了。”

孔子下车步行，姑布子卿从50步远的地方就一边走一边观察孔子，又跟着夫子走了50步，从后面观察他。姑布子卿回头对子贡说：“这个人是干什么的？”

子贡说：“这是我的老师，世人所说的鲁国孔丘。”

姑布子卿说：“是鲁国的孔丘呀！我听说过他。”

子贡说：“我的老师怎么样？”

姑布子卿说：“他的额头长得像唐尧，眼睛长得像虞舜，脖子长得像夏禹，嘴巴长得像皋陶。从正面看起来，好像洋溢着国君的气度；从后面看起来，肩膀高耸，背脊瘦弱，只有这一点不如前面所说的四位圣人。”

子贡叹息。姑布子卿说：“有什么可忧虑的呢。你的老师面部凹陷却不丑陋，下巴像胡茄般突出却不显得杂乱，从远处看，那颓废不得志的样子好像是丧家之犬，你有什么好叹息的呢！”

子贡把这番话告诉孔子。孔子对其他的话都接受，唯独不肯接受如丧家之犬的说法，他说：“我孔丘怎么敢担当这话？”

子贡说："面部凹陷却不丑陋，下巴像胡茄般突出却不显得杂乱，我能够理解。但是不知道丧家之犬这说法，您为什么不敢当？"

孔子说："子贡啊，你难道没有见过办丧事人家里的狗吗？主人收敛尸骨放进棺材里，陈列祭品，举行祭祀，这狗四处张望，却没有人理他。姑布子卿这样比喻，是以为我想成就一番事业，但是如今在上没有圣明的君主，在下没有贤明的诸侯，王道衰微，政治教化缺失，强者欺负弱者，人数多的伤害人数少的，百姓丢失了赤子之心，没有了道德法律的约束。这个人以为我想成为这样的人，我怎么敢当呢？"

（本文《诗经》引文佚）

君子之居不自若

园有桃

园有桃，其实之肴。心之忧矣，我歌且谣。不知我者，谓我士也骄。彼人是哉，子曰何其？心之忧矣，其谁知之？其谁知之，盖亦勿思！

园有棘，其实之食。心之忧矣，聊以行国。不知我者，谓我士也罔极。彼人是哉，子曰何其？心之忧矣，其谁知之？其谁知之，盖亦勿思！

园中桃树壮，结下桃子鲜可尝。心中真忧闷呀，姑且放声把歌唱。有人对我不了解，说我士人傲慢太骄狂。那人是对还是错？你说我该怎么做？心中真忧闷呀，还有谁能了解我？还有谁能了解我，何必挂念苦思索。

园中枣树直，结下枣子甜可食。心中真忧闷呀，姑且散步出城池。有人对我不了解，说我士人多变不可恃。那人是对还是错？你说我该怎么做？心中真忧闷呀，还有谁能了解我？还有谁能了解我，何必挂念苦思索。

[太傅开讲]

智者的日常起居，像叠好的皮衣一样安定，又像倒置的盆子一样平静。天下政治清明的时候，诸侯都会敬畏他；天下大乱的时候，连普通的百姓也轻视他。不仅仅是现在，自古以来都是这样。

越王勾践卧薪尝胆，最终吞并吴国。在这个故事里，有一个异常关键的人物——范蠡。范蠡与文种相偕入越，被越王勾践用为谋臣，以“十年生聚，十年教训”的韬略，协助勾践击败吴王夫差而复国，继而助勾践北向称霸中原。然而，在勾践的庆功会上，却不见了范蠡：他逃到齐国去了。临行前，他给文种留下一封信说：高鸟已散，良弓将藏；狡兔已尽，良犬就烹。越王只能共患难，不能共享乐。文种没听范蠡的劝告，结果被勾践杀害。

范蠡到齐国后，开始了第二次创业。他隐姓埋名，自称鸱夷子皮。带领全家人，一边种庄稼，一边学习经营其他产业，包括养殖业。“耕于海畔，苦身戮力，父子治产，居无几何，致产数十万。”

齐王得知范蠡在齐，曾请他到朝廷任相，范蠡起初答应，但到任时间不长就辞职离去，又从齐国搬到陶（今山东肥城）地，改名朱公，人称“陶朱公”。当地交通便利，士农工商贾五方杂处。范蠡到陶以后，除了经营农产品还倡导多种经营，饲养五畜和养鱼。《齐民要术》记载的《养鱼经》传说就是范蠡所作。

范蠡到各地游历生活，都能像龙一样转眼间腾飞变化，一举一动依着仁义起伏变化。他深深地叹息，像天地一样包容和怜悯着世人。所以君子的起居动静，怎么可能固定不变呢？

《诗经》上说：“心之忧矣，其谁知之？”

自在胜于名利

[太傅开讲]

戴晋生是战国时的一位隐士。有一次，他穿着破衣烂帽去见梁王，梁王说："前不久寡人用上大夫的俸禄邀请先生，先生不肯留下来，今天怎么来见我啊？"

戴晋生先是高兴地笑了笑，又抬头长长地叹了口气说："哎，这样看来，您不值得我交往啊。您没见过大沼泽里的野鸡吗？走五步啄一下，整天觅食才能吃饱；羽毛美丽润泽，光芒映射日月；举起翅膀，高声鸣叫，声音响彻山陵湖泊，这是为什么呢？它因为能顺着自己的意愿而快乐地生活。把它抓起来，关在谷仓里，这样常啄梁粟吃，不一会就吃饱了。却仍然羽毛憔悴，精神一天天颓废，低着头不鸣叫了，难道是它吃的不好吗？是因为它不能按照自己的意愿行事的缘故。如今我不远千里而来，与您交往，难道是我吃不饱饭才来的吗？只不过是从心里仰慕您的作为罢了。我本以为您喜爱贤士，天下无双，现在看来您很明显不是真正地喜爱贤士！"

说完，戴晋生就向梁王告辞离开，从此再也不去梁国了。

（本文《诗经》引文佚）

精神的安适无法外得

东门之池

东门之池，可以沤麻。彼美淑姬，可与晤歌。
东门之池，可以沤纻。彼美淑姬，可与晤语。
东门之池，可以沤菅。彼美淑姬，可与晤言。

东门外有护城河，可以浸麻可泡葛。温柔美丽的姑娘，与她相会又唱歌。
东门外有护城河，泡浸纻麻许许多。温柔美丽的姑娘，与她倾谈情相和。
东门外有护城河，泡浸菅草一棵棵。那个贤慧的女子，可以跟她谈心事。

[太傅开讲]

楚庄王派遣使者携带百斤金子，去聘请北郭先生。先生说："我媳妇在家，请让我跟她商量一下。"

于是，北郭先生进屋对妻子说："楚国想聘请我去做卿相，今天要是去做卿相，那出入时坐着四匹马并排拉着的大车，吃饭时有满桌的佳肴，你觉得怎么样？"

他妻子说："夫君靠织麻鞋生活，吃的是粥，穿的是麻鞋，却没有什么恐惧和担忧，为什么呢？因为你不用去治理政事。现在如果你做了大官，出入时车马侍卫再多，安适的不过是小小的身体；吃饭时菜肴再丰盛，感觉味道鲜美的不过是嘴里的舌头。不过为了身体舒适和舌头尝到美味，就决定去为楚国的忧患而牺牲自己，你认为值得这样做吗？"

北郭先生听了，最终没有接受楚王的聘请，带着妻子离开了那个地方。

《诗经》上说："彼美淑姬，可与晤言。"

有贤而不用，必致灭亡

［太傅开讲］

戎国的将领由余（春秋晋国人，逃亡到戎国）出使秦国。秦穆公问他治理国家得失的关键，他回答说："自古以来，保有国家的，没有不是因为恭敬节俭的，失败亡国的，没有不是因为骄傲奢侈的。"

由余因此讨论五帝三王之所以衰弱，乃至老百姓死亡的原因，秦穆公很赞同他的观点。于是告诉内史王缪说："邻国出了圣人，是他敌对国家的忧患啊。由余是一位圣人啊，我们应该怎么办？"

王缪说："戎王居住在僻避边远的地方，从没有见过中原的音乐和美色，您送他一些歌姬舞女，放纵他的心志，惑乱他的政治，他的臣子一定会疏远他。通过为由余请求，推迟他回去的日期，使他们君臣之间不合，然后可以慢慢再做打算。"

穆公说："好。"

于是，他派遣王缪把两队歌姬舞女送给了戎王，请求推迟由余回来的时间，戎王很高兴，就答应了。从此以后，大开酒筵，迷恋歌舞，从早到晚都不休息，整年过着放纵淫奢的生活，牛马由于得不到很好的照顾，大部分都死了。由余回去后，多次劝谏戎族首领，但首领不听他的建议。于是由余离开戎族，到了秦国。

秦穆公亲自去迎接他，任命他为上卿。这才有了后来的秦国吞并 12 个国家，开拓了千里的国土。

（本文《诗经》引文佚）

曾子论三费三乐

伐木（节）

伐木丁丁，鸟鸣嘤嘤。出自幽谷，迁于乔木。嘤其鸣矣，求其友声。相彼鸟矣，犹求友声。矧伊人矣，不求友生？神之听之，终和且平。

冬冬作响伐木声，嘤嘤群鸟相和鸣。鸟儿出自深谷里，飞往高高大树顶。小鸟为何要鸣叫？只是为了求知音。仔细端详那小鸟，尚且求友欲相亲。何况我们这些人，岂能不知重友情。天上神灵请聆听，赐我和乐与宁静。

[太傅开讲]

子夏去拜访曾参，曾参说："进来一起吃饭。"

子夏说："这不会让您浪费吧？"

曾参说："君子有三件浪费的事，饮食不包括在其中；君子有三件快乐的事，欣赏音乐不包括在其中。"

子夏说："请教您是哪三件快乐的事？"

曾参说："有父母可以敬畏，有国君可以辅佐，可以有财富留给子孙，这是第一件乐事。父母有过错时可以劝谏，国君无道时可以离弃，儿子做错事可以责备，这是第二件乐事。有国君值得我向他讲解我的治国道理，有朋友值得我帮助支持他，这是第三件乐事。"

子夏问："再请教您，那三件浪费的事是什么呢？"

曾参说："年少时求学，年长时却把学到的东西忘记了，这是第一件浪费的事；辅佐国君立下功劳，后来却轻易地背弃他，这是第二件浪费的事；结交了很多年的朋友，却中途与他断绝了交往，这是第三件浪费的事。”

子夏说：“太有道理了！一个人如果能严格身体力行一句好话，胜过于一辈子死读书；如果能诚恳地与一位贤士交往，效果胜过于治理成千上万的百姓；人不可以不知道这个道理啊。我以前很迟钝，所耕种的田一年都没有收成，土地都是这样，何况是人呢！与人诚恳地交往，即使是原本疏远的人也会亲密起来；虚伪地与人周旋，即使原本是亲属也会疏远。所以诚恳者相交，会如胶似漆一样亲密；虚伪者相交往，会如薄冰见到太阳一样脆弱。难道君子可以不留意这些吗？”

《诗经》上说：“神之听之，终和且平。”

以仁义为做事底线

［太傅开讲］

晏子家的老仆人穿着粗麻布的衣服出门，被前来拜访晏子的田无宇看到了，他讥笑着问晏子："走出你家门的那个人是做什么的啊？"

晏子说："是我家的家臣。"

田无宇说："你做官做到中卿，供养你的田地有七万亩，什么样的人才找不到，何必还养着这个衰老无用的人呢？"

晏子说："抛弃共事多年的老人，而只选用少年才俊，称之为'瞽'；富贵以后忘记了卑贱时的朋友，称之为'乱'；看见美色而忘乎所以，称之为'逆'。我怎么能做'逆、乱、瞽'的事情呢？"

（本文《诗经》引文佚）

理性让人客观

[太傅开讲]

齐王为女儿准备了丰厚的陪嫁财物，想把她嫁给一个名字叫吐的宰牛屠夫。可是使者来到屠牛吐家里一说，屠牛吐却借口自己身体有病，委婉地推辞了这门亲事。

他的朋友听说以后，觉得他犯傻，于是来问他："齐王这么尊贵的出身，要跟你结亲，你竟然拒绝不肯。难道你想一辈子老死在这又腥又臭的肉铺里卖肉吗?"

屠牛吐说："唉，我也是没有办法。齐王的女儿太丑了!"

朋友很奇怪："齐王的女儿久居深宫，大家谁都没见过，你怎么知道她丑?"

屠牛吐说："这跟我卖肉是一个道理。我卖的肉如果新鲜，哪怕按原价出售都会供不应求，来买的人踩破门槛；哪天的肉不新鲜了，就算我打折降价，附带赠送下水，那肉还是卖不出去。如今齐王为女儿准备那么丰厚的嫁妆，可知他的女儿一定很丑。"

后来，齐王的女儿终于嫁出去了。等她出门的时候大家一看，果然像屠牛吐所预料的那样奇丑无比。古书上记载："目如擗杏，齿如编蟹。(眼睛长得像剖开的杏子，牙齿像蟹虫编成的)"

(本文《诗经》引文佚)

辩论之道

抑（节）

无易由言，无曰苟矣，莫扪朕舌，言不可逝矣。无言不仇，无德不报。惠于朋友，庶民小子。子孙绳绳，万民靡不承。

不要随口把话吐，莫道“说话可马虎，没人把我嘴巴捂”，一言既出难弥补。没有出言无反应，施德总能得福禄。朋友群臣要爱护，百姓子弟多安抚。子子孙孙要谨慎，人民没有不顺服。

[太傅开讲]

有一次，孔子去拜访鲁国的大夫季康子，学生子张和子夏一起陪同前往。孔子走进内室和季康子谈话，子张和子夏就在外面等候，二人就某个问题进行辩论，结果一整天也没有得出结果。子夏看说服不了子张，用词和语气都变得很窘迫急切，脸色十分难看。

子张见他这个样子，开导他说：“你以前听过夫子是怎么和别人辩论的吗？他说话很慢，和悦而正直，容貌和举止都很恭敬，先是沉默让别人说话，自己后面再说，有好的意见，推让给别人，他的议论高山仰止，浩浩荡荡，使道义有了归宿啊。小人辩论时，只认为自己的意见是正确的，说别人的不对，瞪着眼睛，扼着手腕，语速飞快，唾沫横飞，眼珠发红，一旦侥幸得胜，就迫不及待地呵呵大笑，仪态举止丑陋，言辞语气粗鄙，因此君子看不起他们。”

一般来说，人与人之间的辩论，有三个境界和五个层次，纯粹依靠言辞取胜者，是最低的一种。

我们所说的辩论，目的是为了区分事物的不同种类，让它们不会相互混淆妨碍；对意见按照孰轻孰重进行排序，让它们符合逻辑；表达内心的想法，说出自己的观点让他人能够了解，而不是用尽办法让别人莫名其妙。如果能这样辩论的话，胜利的一方坚持了自己的立场，失败的一方也得到了自己真正想要的答案，这才是真正实现了辩论的地方。

如果在辩论中不断地岔开主旨，用大量的辞藻粉饰谬论，用很多比喻转移话题，牵引别人的思维，想表达的本意让人把握不住，这样即使在辩论中占了上风，也是虽胜犹败，因为这实际上对双方都是有害的。不摆明自己的想法，故意让人捉摸不透，这叫做隐瞒；避开话题偏离辩论焦点，这叫做回避；用似是而非的比喻来混淆视听，这叫做转移；用荒诞的谬论来粉饰自己的观点，这叫做耍赖。只有避免以上四种做法，真理才能越辩越明。

如果辩论中有一方故意使用隐瞒、回避、转移和耍赖的手段，辩论也就失去了价值。因为这既不会改变人的观点，有主见的人也不会去那样做。《论语》上说：“君子于其言，无所苟而已矣。”

《诗经》上说：“无易由言，无曰苟矣。”

卷十

老叟三言之祝

文王（节）

世之不显，厥犹翼翼。思皇多士，生此王国。王国克生，维周之桢。济济多士，文王以宁。

穆穆文王，于缉熙敬止。假哉天命，有商孙子。商之孙子，其丽不亿。上帝既命，侯于周服。

累世都光荣尊显，深谋远虑恭谨辛勤。贤良优秀的众多人才，在这个王国降生。王国得以成长发展，他们是周朝栋梁之臣。济济一堂人才多，文王安宁国富强。

文王的风度庄重而恭敬，行事光明正大又谨慎。伟大的天命所决定，商的子孙成了周的属臣。商的那些子孙后代，人数众多算不清。天帝既已降下意旨，就臣服周朝顺应天命。

[太傅开讲]

齐桓公打猎时追逐白鹿，一直追到麦丘这个地方，遇到一个人便问他：“您是什么人啊？”

那个人回禀桓公说：“我是麦丘的边防管。”

桓公又问：“老人家，多大年纪了？”

回禀说：“我已经83岁了。”

桓公说：“真是不错啊！”

于是桓公就和他一起喝酒，席间问他：“老人家为什么不说点祝福我的话啊？”

那个人回答说："我这个粗鄙的乡下人不知道怎么说吉利话。"

桓公说："为什么不祝和您一样长寿呢？"

那老人捧着酒杯再次恭敬行礼道："祝我们的君王长寿，不要把金玉当回事儿，而应把人民当作真正的宝贝。"

桓公听了以后说："说得好！你的祝福我收下了。优秀的品德不会只有一种，良言一定不止一句。老人家您为什么不再说一点呢？"

那老人捧着酒杯再次恭敬行礼道："祝愿我的国君喜欢学习敬爱有学问的人并且耐心向他们请教；贤臣在身边，能正言规劝君王的人就能来！"

桓公说："说得好！您的祝福我收下了。优秀的品德不会只有一种，美好的祝福一定有很多。老人家您为什么不再说点更好的呢？"

那老人捧着酒杯再次恭敬行礼道："希望群臣和百姓不得罪于我的国君，也希望我的国君不会对不起群臣和百姓。"

桓公听了不高兴地说道："刚才说的，和之前两句祝福不一样。请老人家收回吧！"

那老人潸然泪下说："请国君三思，我这句话，比前面两句话有意义多了。我听说儿子得罪了父亲，可以通过亲属来表达谢罪的意思，于是父亲就原谅了儿子；大臣得罪了国君，可以通过国君的近臣来表达谢罪的意思，于是国君就赦免了大臣。可是在过去，夏代的末代国君桀得罪了商汤，商代的末代国君纣得罪了周武王，这是国君得罪臣下，到现在都没有帮他们谢罪的人。"

桓公听了这些，说道："仰仗国家的福气和先祖的保佑，我今天得到了您这样一个人才！"他亲自把老人扶上车，驾着马车回去，在朝廷上行了封官之礼，让他在麦丘做地方官，主持地方事务。

桓公之所以能够九次召集诸侯，一举匡合天下，不单单靠的是武力，也不是只因为有管仲的辅佐，也是因为在这里碰到贤人啊！

《诗经》上说："济济多士，文王以宁。"

管鲍之交，贵在相知

[太傅开讲]

春秋时期，鲍叔牙和管仲二人是好朋友，彼此相知很深。他们两人曾经合伙做过生意，分利的时候，管仲总要多拿一些。别人都为鲍叔牙鸣不平，鲍叔牙却说："管仲不是贪财，而是他家里穷呀。"

管仲几次帮鲍叔牙办事都没办好，而且他三次做官都被撤职，别人都说管仲没有才干。这时，鲍叔牙又出来替管仲说话："这不是管仲没有才干，只是他没有碰上施展才能的机会而已。"管仲曾三次被拉去当兵参加战争，而且三次逃跑。人们讥笑地说他贪生怕死。鲍叔牙直言："管仲不是贪生怕死之辈，他家里有老母亲需要奉养啊！"

后来，鲍叔牙当了齐国公子小白的谋士，管仲为齐国的公子纠效力。两位公子在继承王位的争夺战中，管仲曾驱车拦截小白，引弓射中小白的腰带。小白弯腰装死，才得以赶回国内继承了王位，称为齐桓公。公子纠失败被杀，管仲也成了阶下囚。

齐桓公登位后，要拜鲍叔牙为相，并欲杀管仲报一箭之仇。鲍叔牙坚决辞掉相国之位，并指出管仲之才远胜于己，劝说齐桓公不计前嫌，用管仲为相国。齐桓公于是重用管仲。果然，如鲍叔牙所言，管仲的才华逐渐施展出来，终于使齐桓公成为春秋五霸之一。

《诗经》上说："济济多士，文王以宁。"（出自《文王》）

不念旧恶安人心

［太傅开讲］

晋公子重耳在逃亡时，经过曹国时，跟随着他一起出亡的旦凫须，偷了重耳所有的资粮逃跑了。重耳没有东西吃，饿得不能走路，跟随他的介子推割下自己大腿的肉给他吃，才得以渡过难关。

后来重耳回到晋国继位，成为晋文公。国内有很多人不愿归附重耳，于是里凫须求见重耳，对人说："我能让晋国人心安定。"

文公派使者回应他说："你还有脸来见我？还好意思说能让晋国人心安定？"

里凫须说："国君在洗头吗？"

使者回答说："没有啊。"

里凫须说："我听说人洗头的时候，心会在身体里颠倒过来，心颠倒的时候说话会不合逻辑。现在国君又没有洗头，这么会说出那么不着边际的话呢？"

使者把这些话告诉文公，于是文公就召见了他。里凫须昂着头对文公说："离开国家那么多年，很多国人曾指责过您；现在国君您回来了，国民担心被清算啊。里凫须我又曾经偷了您所有的财物，躲避到深山里去，而国君因此受饿，才有介子推割下大腿肉的事情发生，天下没有人不知道这件事的。我也觉得罪过很大，就是株连一族也不够顶罪。但是如果国君真心地赦免我，让我坐在您身边，到首都城内周游一圈，百姓见到后，一定知道国君不是个计较过去恩怨的人，那么人心自然就安定了。"

于是文公听了以后很高兴，就采纳了他的计谋，让他坐在自己身边，在国都周游。百姓看见后都说："连里凫须都没有被杀，而且还能坐在国君身边，我还有什么好担心的呢?"晋国人心大定。以前《尚书》上说过："文王卑服，即康功田功。(文王穿着粗恶的衣服，在荒野田亩中工作)"像里凫须所犯的罪，本来是无可饶恕的啊。

《诗经》上说："济济多士，文王以宁。"(出自《文王》)

授天子三策

大明（节）

明明在下，赫赫在上。天难忱斯，不易维王。天位殷适，使不挟四方。

挚仲氏任，自彼殷商。来嫁于周，曰嫔于京。乃及王季，维德之行。

皇天伟大光辉照人间，光采卓异显现于上天。天命无常难测又难信，一个国王做好也很难。天命嫡子帝辛居王位，终又让他失国丧威严。

太任是挚国任家姑娘，也可以算是来自殷商。她远嫁来到我们周原，在京都做了王季新娘。就是太任和王季一起，推行德政有着好主张。

[太傅开讲]

周朝的官僚组织制度在商朝的基础上有所发展，协助周王处理政务的百官分政务官、宗教官和事务官三类，最高的一层是六卿，即太宰、太宗、太史、太祝、太士、太卜。太宰是朝廷的政务总管，太宗管宗庙谱系，太史管起草文告、编写史书，太祝是最大祭祀官，太卜是占筮官，太士是神职官吏。此外，周朝还设有司徒、司马、司空、司士、司寇等五司，分别掌管土地、军赋、工程、群臣爵禄、刑罚等。

按照周朝的制度，天子在继位的时候，都要由六卿举行隆重的仪式传授治国的基本原则。在仪式上，太宗、太史、太祝都穿着白色的衣服，拿着书策，面朝北方而劝勉新天子说："既然上天把那么重大的使命交付给您了，那么怎样才能向它表达敬意并承担托付呢？"

于是，就传授天子第一个策书，上面写道："祭祀的时候严肃恭敬地摆上祭品，永远把上天交给你的使命当作要务，要对此饱含无限的敬畏，自身不能有丝毫放松。”

接下来，又传授天子第二个策书，上面的内容是：“日夜都要谨慎，这样身心才不会懈怠，天下百姓都期待着您。”

传授给天子的第三个策书所讲的是一辈子的个人修养，上面的内容是：“天子面南背北接受帝位，要为治理天下的重任而忧心，而不该为得到帝位沾沾自喜。”

经过如此隆重的仪式教导新天子，目的是为了培养他敬天勤政和善于自省的品格。《诗经》上说：“天难忱斯，不易惟王。”

温俭求仁，恭让求礼

皇矣（节）

帝省其山，柞棫斯拔，松柏斯兑。帝作邦作对，自太伯王季，维此王季，因心则友。则友其兄，则笃其庆。载锡之光，受禄无丧，奄有四方。

天帝省视周地岐山，柞树棫树都已砍完，苍松翠柏栽种山间。天帝为周兴邦开疆，太伯王季始将功建。就是这位祖先王季，顺从父亲友爱体现。王季爱护他兄弟，致使福庆不断增添。天帝赐他无限荣光，承受福禄永不消减，终于统一了天下。

[太傅开讲]

有德行的人温和节俭，以此来追求仁德的境界，恭敬谦虚以比来践行礼仪的标准，顺境的时候是这样，逆境的时候也是这样。所以有德行的人对于仁德的态度，就像农夫对待耕作一样，即使有对歉收的担心，也不会因此改变他勤劳耕作的习惯。

大王亶甫有三个子嗣分别叫做太伯、仲雍、季历。季历有个儿子叫姬昌（即周文王）。太伯知道大王认为姬昌很贤明，想立季历为继承人，于是就离开国土，去了吴地。大王临终前对季历说：“我死后，你去找你的兄长，把国君的大位让给他们，就算他们不愿意继承，但你只有这样做才合乎道义，也才能让你安心，不再内疚。”

大王去世以后，季历去吴地把情况告诉太伯和仲雍两位兄长，太伯与仲雍跟着季历回来，大臣们都想要太伯立季历为国君，季历又推辞不肯即位。太伯对仲雍说：“现在大臣们都想要太伯立季历为天子，季历又推辞不肯即位。怎么办呢？”

仲雍说：“我们制度上有规定，有能力够振兴国家的人即位，那就让季历即位吧。”于是季历就成了国君，之后养育文王姬昌，文王最后果然顺应天命成为天子。

孔子说：“大王亶甫的心愿，唯独太伯能够看到，唯独王季能够了解。太伯发现了父亲的意图，季历明白父亲的心愿。所以说这父子兄弟三人可谓是看见端倪便知晓结果，因而能落实贯彻父亲的意志。”

《诗经》上说：“自太伯王季，惟此王季，因心则友。则友其兄，则笃其庆。载锡之光，受禄无丧，奄有四方。”说的就是这事情啊！太伯回到吴地，吴地人拥立他成为国君，一直传到夫差，共经历 28 世而灭亡。

明君以人才为宝

板（节）

上帝板板，下民卒瘅。出话不然，为犹不远。靡圣管管，不实于亶。犹之未远，是用大谏。

天之方难，无然宪宪。天之方蹶，无然泄泄。辞之辑矣，民之洽矣。辞之怿矣，民之莫矣。

国君昏乱背离常道，下民受苦多病辛劳。说出话儿太不像样，作出决策没有依靠。无视圣贤刚愎自用，不讲诚信是非混淆。执政行事太没远见，所以要用诗来劝告。

天下正值多灾多难，不要这样作乐寻欢。天下恰逢祸患骚乱，不要如此一派胡言。政令如果协调和缓，百姓便能融洽自安。言辞和悦得人心，大家口才不如他。

[太傅开讲]

齐宣王与魏惠王一起在野外狩猎。魏王问齐王说：“你们的国家有什么宝物吗?”

齐王回答说：“没有啊。”

魏王说：“像我们这样的小国家啊，也有直径一寸左右的珍珠，能照亮12辆车前后距离，一共有10颗。像你们这样的大国怎么会没有宝物呢?”

齐王回答说：“我所认为的宝物，和大王所谓的宝物是有区别的。我有个叫檀子的臣子，让他去镇守南城，楚国的人不敢来侵犯，泗水上有12位诸侯都来朝觐我；我有个叫盼子的臣子，让他去镇守高唐，赵国人不敢向东到边境的河里捕鱼；我有个叫黔夫的臣子，让他去镇守徐州，燕国人和赵国人忌惮我们的国威，分别来西门和北门祭拜，随着归顺我国的有 7000 多家人呢；我有个叫种首的臣子，让他去防御盗贼，地方被治理得道不拾遗。我将用这些国宝的光芒照耀到千里之外，哪只会单单 12 辆车呢？”

魏王听了感到惭愧，不开心地离开了。

《诗经》上说：“辞之怿矣，民之莫矣。”

勇不在刀剑

[太傅开讲]

东海有个勇士叫茁丘䜣，以勇猛闻名天下。有一次，他偶尔经过一个叫“饮马”的水潭边，他的随从劝他说：“如果让马在这里喝水，一定会有生命危险。”茁丘䜣说：“听我的话，让马在这儿喝水。”

结果，他的马刚走到潭边饮水，果然被什么东西拖到水里去了。茁丘䜣勃然大怒，脱下朝服，拔出剑就跳入水中，历经三天三夜，斩杀了三条蛟一条龙，这才从水里出来。雷神随后追着他用雷劈他，追了十天十夜，打瞎了茁丘䜣的左眼。

吴国的勇士要离听说这件事情，就去拜访他，到了之后问：“茁丘䜣在吗？”

其他人回答说：“他送丧去了。”

要离来到丧葬现场，见到了茁丘䜣，讥笑他说：“听说雷神追着你劈了十天十夜，结果打瞎了你的左眼。上天对人有怨恨的话，一眨眼工夫就会进行惩罚；人如果对人有怨恨的话，一转身就要实施报复。可是至今我也没有见你报复雷神，到底是什么原因呢？”

茁丘䜣被激怒了，大吼一声离开了，现场被他吓倒的人不计其数。要离回去后对自己的门生说：“茁丘䜣是天下少有的勇士。今天我在很多人面前羞辱了他，这家伙一定会来找我麻烦。晚上不要关大门，睡觉也不用关屋门，我要等他来。”

到了夜里，茁丘䜣果然来了，他拔出剑架在要离的脖子上，数落他说："你有三条死罪：当众侮辱我，这是第一条；晚上不关大门，是第二条；睡觉不关屋门，这是第三条。"

要离泰然自若地对他说："你听我把话说完。你有三点不适当的行为：在晚上来找我，是第一点不恰当；拔出剑却不刺我，是第二点不恰当；先亮出兵器然后再和我说理由，是第三点不恰当。这样杀我，就如悄悄把我毒死一样。"

于是，茁丘䜣提着剑离开了。他对人说："唉！在普天之下，我不如的人只有他了！"古书上记载："公子目夷靠口才成为一国之君，现在要离靠口才保全自身。说话不能不讲究修辞技巧啊，上面这个故事就说明了这一点！"

《诗经》上说："辞之怿矣，民之莫矣。"（出自《板》）

将心比心收人心

[太傅开讲]

秦穆公将要去田猎，却丢了一匹骏马。他们找了三天，最后找到茎山的南面，却发现马已经被一些乡下人杀了，他们正聚在一起吃肉。

穆公赦免了这些乡下人，并且说：“作为一个有修养的人，不能因为一匹牲畜而伤害人。我听说如果光吃马肉而不喝酒，对身体有伤害。”穆公于是让人去找了一些酒来，请乡下人都喝过了酒，然后就离开了。

第二年，晋国的军队与穆公打仗，晋国军右翼的将领路石包围了穆公，不断地攻击他，穆公已经受伤，铠甲上的甲片掉下来的有6片之多。这时，曾经在茎山南面吃过马肉的300人呐喊道：“我们的国君仁慈而爱护百姓，我们不能不为他死战啊！”

他们挥舞着兵器冒死冲锋，向晋国的路石发起反击，终于从重围中救出了穆公。

（本文《诗经》引文佚）

士不逞血气之勇

荡（节）

荡荡上帝，下民之辟。疾威上帝，其命多辟。天生烝民，其命匪谌。靡不有初，鲜克有终。

文王曰咨，咨汝殷商。曾是彊御？曾是掊克？曾是在位？曾是在服？天降滔德，女兴是力。

天子骄纵又放荡，他是下民的君王。天子贪心又暴虐，政令邪僻太反常。上天生养众百姓，政令无信尽撒谎。万事开头讲得好，很少能有好收场。

文王开口叹声长，叹你殷商末代王！多少凶暴强横贼，敲骨吸髓又贪赃，窃据高位享厚禄，有权有势太猖狂。天降这些不法臣，助长国王逞强梁。

［太傅开讲］

鲁国的卞庄子很勇敢，但是他母亲在世的时候，他三次作战，三次失败了。他的朋友们责备他，国君羞辱他，而卞庄子泰然处之，面不改色。他母亲去世后的第三年，鲁国起兵，卞庄子请求从军。到了军营，见到了将军说："以前我要奉养母亲，不能舍命，因此作战失败了，使我遭受了耻辱！现在我母亲去世了，请让我弥补我的过失。"

战场上，他冲向敌人和他们搏斗，斩获了敌军勇士的首级作为献礼，说："用这个弥补我第一次战败的过失。"随后又去斩下敌人的首级作为献礼，说："用这个弥补第二次战败的过失。"将军阻止他说"可以了。"他不罢休，又斩获了敌人的首级，说："用这个弥补我第三次战败的过失。"

将军阻止他继续作战，说："足够了，请允许我和你结拜为兄弟。"

卞庄子说："过去战败，是为了奉养母亲。如今母亲过世了，我要去弥补我的过失了。但是我听说，有节操的人是不会忍受屈辱而活着的。"

说完他又冲向敌军，杀了70个人终于战死了。道德高尚的君子听到这件事，说："卞庄子已弥补了三次战败的过失，但是却断绝了宗族的传递，节操稍微具备了些，在孝道上还是没有尽到责任。"

《诗经》上说："靡不有初，鲜克有终。(人人生来皆良善，最终很少能保持)"

有争臣者国昌

荡（节）

文王曰咨，咨女殷商。而秉义类，彊御多怼。流言以对，寇攘式内。侯作侯祝，靡届靡究。

文王曰咨，咨女殷商。女炰烋于中国，敛怨以为德。不明尔德，时无背无侧；尔德不明，以无陪无卿。

文王开口叹声长，叹你殷商末代王！你任善良以职位，凶暴奸臣心怏怏。面进谗言来诽谤，强横窃据朝廷上。诅咒贤臣害忠良，没完没了造祸殃。

文王开口叹声长，叹你殷商末代王！跋扈天下太狂妄，却把恶人当忠良。你的品德不修明，因为没有好臣子；你的品德不修明，因为没有好大臣。

[太傅开讲]

天子如果有七个敢于劝谏的忠臣，即使自己昏庸，也不会丢失天下。诸侯如果有五个敢于劝谏的忠臣，即使昏庸，也不会丢失他的国家。吴王夫差昏庸，甚至驱赶整个集市的民众去殉葬他的父亲阖闾，之所以没有灭亡，是因为有伍子胥的缘故。伍子胥死后，越王勾践想要讨伐吴国，范蠡劝阻说："伍子胥定下的计策，吴王还记在心里呢。"

伍子胥死了三年，越国才能攻下吴国。

士大夫要是有三个敢于劝谏的家臣，虽然昏庸，也不会丧失他的领地。季孙氏昏庸，僭越了天子的礼节，动用了 64 个人奏乐舞蹈，祭祀泰山时，以雍曲做为结尾。孔子说："这都可以做得出来，还有什么是不敢做的呢？"然而，季孙氏没有亡家，是因为冉有和子路做他的家臣。

所以说："有敢于劝谏、正气凛然的忠臣，他的国家一定昌盛。有阿谀奉承不敢谏阻的大臣，他的国家就要灭亡了。"

《诗经》上说："不明尔德，时无背无侧；尔德不明，以无陪无卿。"这是说的文王在痛惜殷商没有辅佐谏阻的臣子，以至于丢失了天下。

日省则无患

荡（节）

文文王曰咨，咨女殷商。匪上帝不时，殷不用旧。虽无老成人，尚有典刑。曾是莫听，大命以倾。

文王曰咨，咨女殷商。人亦有言：颠沛之揭，枝叶未有害，本实先拨。殷鉴不远，在夏后之世。

文王开口叹声长，叹你殷商末代王！不是上帝心不好，是你不守旧规章。虽然身边没老臣，还有成法可依傍。这样不听人劝告，命将转移国将亡。

文王开口叹声长，叹你殷商末代王！古人有话不可忘："大树拔倒根出土，枝叶虽然暂不伤，树根已坏难久长。"以前的教训还不远，应知夏桀啥下场。

[太傅开讲]

齐恒公在外巡游，遇见一个成年男子，衣襟宽大，步态舒缓，带着桃木做成的长杖。桓公觉得很奇怪，就问他："这个杖是什么东西？不知在哪部经典里有记载？记在哪一篇里？用它来驱赶什么？你为什么要躲着我呢？"

这个男子回答说："这个叫做戒桃，桃的谐音'逃'，有逃亡的意思。如果每天都警戒亡失，还有什么祸患呢？所以亡国的社庙，是用来警戒诸侯的；平民百姓的警戒，就在于这个桃木杖。"

桓公听了他这番话，很高兴，让他和自己共乘一辆车。第二年正月里，老百姓都佩上桃木杖以避邪。

《诗经》上说："殷鉴不远。"

克己保无忧

抑（节）

其在于今，兴迷乱于政。颠覆厥德，荒湛于酒。女虽湛乐从，弗念厥绍。罔敷求先王，克共明刑。

肆皇天弗尚，如彼泉流，无沦胥以亡。夙兴夜寐，洒扫庭内，维民之章。修尔车马，弓矢戎兵，用戒戎作，用逿蛮方。

如今天下乱纷纷，国政混乱不堪论。你的德行已败坏，沉湎酒色醉醺醺。只知吃喝和玩乐，继承帝业不关心。先王治道不广求，怎能明法利众民。

皇天不肯来保佑，好比泉水空自流，君臣相率一齐休。应该起早又睡晚，里外洒扫除尘垢，为民表率要带头。整治你的车和马，弓箭武器认真修，防备一旦战事起，征服国外众蛮酋。

[太傅开讲]

齐桓公举办酒筵，向诸侯大夫行酒令，说："迟到的人要罚饮一经程（经程是一种酒器）的酒。"管仲来得晚，应当要罚饮一经程，他喝了一半，倒掉了一半。桓公说："仲父你应当罚饮一经程，却倒掉了一半，为什么呢?"

管仲说："我听说：酒喝进口里，舌头就管不住了，管不住舌头，就要乱说话，乱说话，性命就丢掉了。与其失去性命，为何不干脆把酒倒掉呢?"

桓公说："你说得有道理啊!"

《诗经》上说："荒湛于酒。"

辱人必受辱于人

抑（节）

无易由言，无曰苟矣。莫扪朕舌，言不可逝矣。无言不仇，无德不报。惠于朋友，庶民小子。子孙绳绳，万民靡不承。

不要轻率乱发言，莫说做事可随便。无人能把舌头拴，言语出口弥补难。言语不会无反应，施德总是有福添。朋友群臣要爱护，百姓子弟多照看。子孙谨慎不怠慢，万民顺从国家安。

[太傅开讲]

齐景公派遣晏子出使南方的楚国。楚王听说此事，对左右的人说："齐国派遣晏子出使寡人的国家，快要到了吧。"左右人说："晏子是天下有名的辩士，和他谈论国家的事务、比不上他啊；和他谈论古代的学术，也比不上他啊。大王只能在与晏子对坐时，命令官吏绑着人经过大王的面前，大王问起来，就命人说这个齐国人，善于盗窃，所以绑起来。这应该可以让晏子为难吧。"

楚王说："好。"

晏子到达楚国，楚王就和他会谈。晏子就治理国家时紧迫的事务、当时政治的得失，一而再再而三地提出问题，楚王无言以对。坐了一会儿，有被绑着的人从面前经过。楚王问："为什么把这个人绑起来？"

官吏回答说话："这是个齐国人，善于盗窃，所以绑起来去见官。"

楚王高兴地大笑着说："齐国是文明的国家，这人是受过辩士的教化，所以才善于盗窃吗?”

晏子说:“是的,原本就是这样的。大王没见过生长在江南的橘树吗?它长在江南叫橘树,如果种到江北去,就叫做枳树,为什么呢?地理和环境使它变成枳树了。这个人在齐国的时候,衣冠楚楚,站有站相,俨然有伯夷的节操,现在住到楚国来就变得善于盗窃,不外乎是不好的环境把他变成这样罢了。大王又何必奇怪呢!”

《诗经》上说:“无言不仇,无德不报。”

君子不以貌取人

[太傅开讲]

吴国的延陵季子到齐国去游历，看见路边有别人遗失的金子，叫放牧的人去捡。放牧人说："这位大人怎么地位如此之高，见识却如此之低；看上去像个君子，说话却这么粗鲁。我有国君，我不去服务于他，我有朋友，我不去交往他，这样的大热天里，我穿着皮衣，你认为我是会捡路边遗失金子的那种人吗？"

延陵季子知道这是位贤人了，就请教他的姓名。牧者说："你是个以貌取人的，哪里配得上通名报姓呢？"

说完他就走了。延陵季子站立着目送他，直到看不见为止。孔子说："非礼勿视，非礼勿听。（不合乎礼的事不去看，不合乎礼的事不去听）"

（本文《诗经》引文佚）

修养之至境

[太傅开讲]

颜渊向孔子请教，说："我希望做到贫穷时和富贵时一样，低贱时和发达时一样，不依靠勇武却有威严，和读书人交往，一辈子没有仇怨。这样是可以的吗?"

孔子说："说得好啊，颜回！贫穷时和富贵时一样，这是因为知足而没有贪欲；低贱时和发达时一样，这是因为谦让而有礼节；不发怒而有威严，这是因为恭敬而不冒犯别人；一辈子没有仇怨，这是因为选择了恰当的话才说出来。像颜回这样的人啊，修养到了最高的境界吧！即使是上古时候的圣人也不过是如此而已。"

（本文《诗经》引文佚）

国不可一日无主

[太傅开讲]

齐景公外出田猎，17天没有回来。晏子驾着车去找他，到达的时候衣冠不整，景公见到后奇怪地问他："先生怎么这么仓促呢？是国家发生了什么紧急的事吗？"

晏子回答说："是的，有急事。全国百姓都以为国君你厌恶百姓却喜欢禽兽。我听说：鱼鳖厌恶深渊而游到浅的地方去，所以被钓钩渔网捉住了；禽兽厌恶深山而跑到大泽中去，所以被猎人捕获了。如今国君外出打猎，17天了都没有返回，不也是有些过头了吗？"

景公说："不是这样的。是有宾客来访没人接待吗？有管理外交的子牛在啊。是宗庙里没有祭品吗？管理祭祀的太宰在啊。是刑狱诉讼不公正吗？掌管司法的子几在啊。是国家的财政不富足吗？有巫贤在啊。寡人有这四个大臣，就好像人有了四肢，可以代替我处理事务，有什么可以忧虑的呢？"

晏子说："是啊。人有心时，四肢代替你处理事务，这是可以的；现在四肢还在，但是心没有了，已经17天了，还不会死吗？"

景公说："这话说得好啊！"

说完，景公牵着晏子的手，同他坐同一辆车回去了。像晏子这样的人，可以称得上是善于谏阻的人了。

（本文《诗经》引文佚）

寓言止兵戈

[太傅开讲]

楚庄王将要起兵讨伐晋国，对士大夫说："敢进谏劝阻我的人，杀无赦。"孙叔敖说："我听说：畏惧皮鞭棍杖的厉害，而不敢劝谏父亲的人，不是孝子；畏惧斧钺杀头，而不敢进谏国君的人，不是忠臣。"

于是孙叔敖前去进谏，对庄王说："我家园子里有一棵榆树，树上有一只蝉，那只蝉刚刚举起翅膀高声鸣叫，正要饮用清澈的露水，不知道有一只螳螂在它的身后，扭着脖子，正要捕食它；螳螂正要吃蝉，却不知道黄雀在它的身后，伸长了脖子，正要啄食它；黄雀正要捕食螳螂，不知道在树下有个顽童手握着弹弓，抬着头正要射他；小孩子正要用弹弓打黄雀，却没看见前面有深坑，脚后面有洞穴。这就是说的只想着眼前之利，而不顾后患的人，不仅仅是昆虫和普通百姓是这样，国君也是这样的。国君现在贪求晋国的国土，恐怕晋国的士卒也是乐于见到这种情况的。"

庄王于是停止出兵。楚国避免了危险，而晋国获得了安宁，这都是孙叔敖的功劳。

（本文《诗经》引文佚）

王者藏富于民

桑柔（节）

为谋为毖，乱况斯削。告尔忧恤，诲尔序爵。谁能执热，逝不以濯？其何能淑，载胥及溺。

如彼溯风，亦孔之僾。民有肃心，荓云不逮。好是稼穑，力民代食。稼穑维宝，代食维好。

谨慎谋划觅良方，才能消除混乱状。告诉你要体恤人，告诉你要用贤良。谁在解救炎热时，不用冷水来冲凉？小人治国没好事，大家受溺遭灭亡。

好像就在逆风闯，呼吸困难口难张。百姓本有肃敬心，但却无处献力量。重视农业生产事，任命贤人来食禄。耕种收获国之宝，代耕之民最善良。

［太傅开讲］

晋平公在位的时候，储藏珍宝的楼台起火了。士大夫们听说这事，都驾着车马去救火，三天三夜才把火扑来。只有公子晏子带着五匹布来道贺，说："这是件好事啊！"

晋平公立刻火冒三丈，脸色都变了，说："这里储藏的珠宝美玉，是国家重要的珍宝，天降大火，士大夫都驾着车马来救火，只有你带着布来祝贺，这是怎么回事？有道理就饶你一命，没道理就杀了你。"

公子晏子说："哪里会没有道理呢？我听说：国君藏富于天下，诸侯藏富于百姓，农夫藏富于粮仓，商人藏富于箱柜。如今百姓出门时，短小的粗布衣服连身体都遮不住，虽然吃的是粗劣的糟糠，却仍然不够吃。百姓穷困，赋税却不停地征收，收取了国民大部分的财富，储藏在楼台里，所以天降大火烧了它。而且我还听说：从前，夏桀残暴地杀害天下的百姓，征收赋税毫无节制，天下千千万万的百姓十分穷苦，所以商汤起兵诛杀了他，使他被天下的人耻笑。现在上天降下灾祸，把藏宝楼烧了，这是国君的福气啊，如果您还不知道反省觉悟，恐怕也要成为邻国的笑柄吧。”

晋平公说：“好。从今以后，我要藏富于民。”

《诗经》上说：“稼穑维宝，代食维好。”

多战伤国

桑柔（节）

天降丧乱，灭我立王。降此蟊贼，稼穑卒痒。哀恫中国，具赘卒荒。靡有旅力，以念穹苍。

维此惠君，民人所瞻。秉心宣犹，考慎其相。维彼不顺，自独俾臧。自有肺肠，俾民卒狂。

天降祸乱与死亡，要灭我们所立王。降下害虫食根节，各种庄稼都遭殃。哀痛我们国中人，连绵土地受灾荒。没有人来献力量，哪能虔诚感上苍。

顺应人心好君王，百姓爱戴都瞻仰。操心国政善谋划，考察慎选那辅相。不顺人心坏君王，独让自己把福享。坏蛋自有坏肺肠，让那国民都发狂。

[太傅开讲]

魏文侯问里克，说："吴国真实强盛而最终灭亡，是因为什么呢？"

里克回答说："他们打了好几次大仗，都胜利了。"

文侯说："连续打了几次大胜仗，这是国家的福气啊，吴国却灭亡了，是什么原因呢？"

里克回答说："一个国家多次发动战争，老百姓就疲惫了；打了多次胜仗，国君就骄傲了；骄傲导致放纵，放纵就会耗尽国力，百姓疲惫就会怨恨国君，怨恨国君就会谋划叛乱。从上到下，都耗尽了心力，吴国的灭亡还算迟的呢！这就是为什么吴王夫差会在干遂自尽。"

《诗经》上说："天降丧乱，灭我立王。"

忠孝难两全

桑柔（节）

瞻彼中林，甡甡其鹿。朋友已谮，不胥以谷。人亦有言，进退维谷。

维此圣人，瞻言百里。维彼愚人，覆狂以喜。匪言不能，胡斯畏忌？

看那丛林苍莽莽，鹿群嬉戏多欢畅。同僚朋友却相谗，没有诚心不善良。人们也有这些话，进退两难把心伤。

唯这圣人眼明亮，目光远大百里望。那种愚人真可笑，独自高兴太狂妄。不是我们不能说，为何顾忌心惶惶？

［太傅开讲］

楚国有个勇士，名字叫申鸣，他靠经营园圃来赡养父母，孝顺的名声闻名于楚国。楚王召他做官，申鸣推辞不去。他父亲说："楚王要任用你，为什么要推辞呢？"

申鸣说："为什么要放弃做个孝子，而去做官呢？"

他父亲说："假使你能得到国家的俸禄，在朝廷上有官位，你能得到快乐，我也不会担忧了。我希望你去做官。"

申鸣说："好吧。"于是入朝接受任命，被楚王委任为左司马。

那一年，白公胜发动叛乱，杀了令尹子西、司马子期，申鸣因此率军队包围了白公胜。白公胜对石乞说："申鸣这个人，是天下间有名的勇士，现在他领兵而来，怎么办呢？"

石乞说："我听说申鸣是个孝子，派人去劫持他的父亲威胁他。"

于是白公胜派人去跟申鸣说："您和我合作，我和你平分楚国；你不跟我合作，我就杀掉您的父亲。"

申鸣流着眼泪回答说："我以前要尽父子之恩，现在要尽君臣之义，既然已经做不成孝子了，还能不尽力做个忠臣吗？"

他擂鼓出兵，终于杀了白公胜，而他的父亲也死了。楚王回到京城后，要重赏他。申鸣说："受用国君给的俸禄，国君有难时却逃避，这不是忠臣的作为；维护国君的法度，致使父亲被杀，这不是孝子的作为。忠和孝的行为不能同时履行，忠和孝的名声不能同时建立。可悲啊！像这样活下去，让天下士人怎么看待呢？"

说完，申鸣就自尽而死。《诗经》上说："进退维谷。"

圣人以微知远

[太傅开讲]

周朝建立以后，姜太公和周公旦被分封在齐国和鲁国，两个人见面时，姜太公问周公，怎样治理鲁国？周公说：“尊重那些有身份的人，亲近自己的亲族。”

姜太公说：“鲁国从此要衰弱了。”

周公问姜太公说：“您是怎么治理齐国的？”

姜太公说：“推举贤良，赏赐功臣。”

周公说：“齐国以后一定会出现乱臣贼子弑杀国君。”

后来，齐国渐渐强大了，终于称霸天下，传了24代，最后被田和篡位取代了。鲁国一天天衰弱下去，传了34代终于被楚国所灭。从这件事情看来，圣人能从事情的细微之处看出它的本质和发展趋势。

《诗经》上说：“惟此圣人，瞻言百里。（只有圣人有眼力，目光远大望百里）”（出自《桑柔》）